茶碗継ぎの恋　編集者　風見菜緒の推理

1

「お祖母《ばあ》ちゃんの言うこと、ちょっとくらいは聞いてあげなさいよ」

風見《かざみ》菜緒《なお》はパジャマのままリビングルームのテーブルに座る一樹《いっき》に言った。

「だってお祖母ちゃん、何んだかんだとうるさいんだ」

「ゲームばかりしてるからでしょ。時間決めないとずっとやってるじゃない」

小学校五年生になってから急に成績が落ちたせいで、母は参考書や問題集を買ってくるようになった。それまでは一樹の言いなりに玩具《おもちゃ》を与えていたのに、手のひらを返した。

一樹も戸惑っているようだ。

「またそれ。勉強だってやってるって。そんなことを言うために起こしたの？　こんな時間に」

一樹は目を瞬《しばたた》きながら壁の時計を一瞥《いちべつ》した。

時計の針は六時過ぎを指している。

「違うわよ。お母さん、これから京都に行かないといけなくなったの。今日はお祖母ちゃんにきてもらうから。言っておかないと学校から帰ったイッちゃんがびっくりするでしょう」

「え――、お祖母ちゃんが」

一人前に顔をしかめてみせる。

「朝はトーストと牛乳、昨日の野菜炒《いた》めがあるから食べといて。ちゃんと用意して学校行くのよ」

「そりゃあ行くけどさ……京都に何しに行くんだよ」

「仕事よ、お仕事に決まってるでしょ」

至誠《しせい》出版の文芸編集部で編集の仕事をしている菜緒は、久米武人《くめたけひと》の電話で朝五時半に叩《たた》き起こされた。久米は一四年前に至誠出版時代小説新人賞を受賞して作家デビューした。四五歳という遅いスタートだったけれど、熟達の文体と京都在住の地の利を生かした作品が評判を得て、デビュー作からそこそこ重版のかかる作家だった。

至誠出版としても社を挙げてバックアップした結果、三度ほど日本を代表する文学賞候補に選出されたことがある。

ところが、五年前から小説を発表していない。賞の候補作となり、それまでなかった重圧を感じて思うように筆が進まないと漏らすようになっていた。いまは雑誌の歴史散歩などのエッセイで妻との暮らしを支えているようだ。

そんな久米が興奮を隠せない口調でこう言った。

「鉱脈を見つけた。何か書けそうな気がするんです。お願いです、お金を貸してください」

久米が小説の題材を見つけようと足掻《あが》いていることは菜緒も知っている。菜緒が入社して一年目にはじめて担当したのが新人賞をとったばかりの久米だった。デビューしたての勢い、一作ごとに作風の幅が広がり、力をつけていく様子、そして文学賞候補になって、ついに文壇から認められ自信を持ったかに思えた時期を、担当編集者として見てきた。ある意味、久米のスランプの辛《つら》さを理解できる人間の一人だと言ってもいいだろう。

「久米さん、どういうことか説明してください」

まだ覚めていない頭を起こそうとベッドから出て、エアコンのスイッチを入れた。梅雨《つゆ》に入ってから小雨が降り続き、気温は高くないけれど湿気が気持ち悪かった。鏡台の前に座って傍《かたわ》らのバッグからシステム手帳とボールペンを取り出す。入社当時から、とにかく何でもメモするのが癖になっていた。

「弘法市《こうぼういち》をご存知ですか」

京都の東寺《とうじ》で毎月弘法大師の命日、二一日に行われる縁日で、そこに食べ物や骨董品《こっとうひん》の露店が早朝から出ていると説明した後、続けた。

「凄《すご》いものを見つけたんです。茶碗《ちゃわん》なんですが、その書き付けが実に面白い。ですが、買わないと全部読めません。誰《だれ》にも渡したくないんです。お恥ずかしい話、いまの僕には持ち合わせが」

雑音が多いのとあまりに早口なのとで聞き取りにくい。

「購入したい、ということなんですね？」

「ええ、そうです。僕が探し求めていたもんなんです。必ず傑作を書いてみせますので、どうかお願いします」

久米は、雑音に負けじと大声を張り上げている。

「それでお幾《いく》らなんですか、そのお茶碗」

「僕が交渉して一七万八〇〇〇円まで勉強してもらいました」

「一七万……値切って？」

「お昼までは置いておいてもらえます。いますぐ、僕の銀行口座に振り込んでくれませんか」

「ちょっと待ってください。私の一存では決められません」

と菜緒は編集部長の玉木《たまき》に相談して、折り返し連絡すると告げた。

玉木は、やる気になってくれたんだからお金は用意してもいいが、本当の話なのかを確かめる必要があると直接届けるよう指示した。

「これから京都に、私が？」

「嘘《うそ》じゃ困る。生活費に消えてしまってはどうしようもないじゃないか。それを題材に書いてもらえば印税からさっ引けばいい。一七万で復活してもらえれば御《おん》の字だ」

と玉木が眠そうな声を出した。

すぐに久米に連絡を取り、東寺の南側にある南大門《みなみだいもん》で一一時三〇分に待ち合わせすることになった。

横浜の母に電話し、夜遅くなるだろうからと一樹の夕飯を頼み、ぐずる息子を起こしたのだった。

神保町《じんぼうちょう》のマンションを出た菜緒は、コンビニエンスストアのＡＴＭで旅費を含めて二五万を引き出し、午前七時台後半の新幹線に乗った。

2

出発時は雨だった空も、浜松あたりから晴れてきた。このまま晴れてくれればと思っていたが京都に着いたときは、またどんよりと曇っていた。蒸し暑く、湿った空気が肌にまとわりつくようだ。

タクシーで東寺まで行くつもりだったけれど、あまりに人が多くてなかなか進めず、ドライバーに南大門の場所を教えてもらって五重塔が見える場所で降ろしてもらった。久米の担当になってからずいぶん京都にも足を運んだが、弘法市は初めてだ。これほど大規模な縁日だとは思わなかった。

たこ焼きやお好み焼き、ベビーカステラ、カルメ焼きに綿飴《わたあめ》、包丁や履き物、さらに骨董品など出店一五〇〇軒ほどが、境内《けいだい》にもまた境外にもびっしりと立ち並んでいる。お客さんの間では日本語だけでなく、英語や中国語、韓国語、タイなど東南アジアの言葉も飛び交っていた。

ソースの焼けた匂《にお》いが菜緒の鼻に届くと、お腹《なか》が鳴った。焼きそばや鯛焼《たいや》きの誘惑に負けず、群衆の流れにおされないようにして南大門を目指す。

九条通と呼ばれるお寺の南側の通りを走る車も、渋滞してのろのろ運転だ。

タクシーを降りて正解だった。

しばらくすると、もみくちゃになって細い身体《からだ》で流れに抗《あらが》っている、長髪で眼鏡《めがね》の男性を見つけた。

「久米さん」

背の低い菜緒は精一杯手を上げて叫んだ。

「ああ、風見さん」

声に気づいた久米が、上手に人を掻《か》き分けて近づいてきてくれた。

「時間、ぎりぎりでしたね。すみません」

菜緒は頭を下げた。

「こちらこそ、何だか申し訳ないです。わざわざ御足労いただけるなんて、ほんまに恐縮です」

「ついでに作品の構想も伺いたかったんです。それにしても凄い人ですね」

菜緒はいま歩いてきた道を振り返る。

「昨今、外国の方も増えているらしいです」

「そうみたいですね」

二人は、人混《ひとご》みに紛《まぎ》れないように南大門の大きな柱の脇《わき》に避難した。

「この南大門、立派でしょう？」

唐突に久米が黒光りする柱を手のひらで叩く。

「写真では見たことあるんですが、実物は初めてです」

そう話を合わせている間も人が容赦《ようしゃ》なく押し寄せてくる。

「実はこれ三十三間堂の西門だったんですよ。明治時代に移築されたんです」

「はあ。あの、おっしゃっていた骨董品屋さんはどこですか」

菜緒は腕時計を見た。

「ああ、そうでした。急がんとあきませんね。こっちです」

久米は歩き出し、膝《ひざ》ほどの高さがある門の蹴放《けはな》しを長い足で跨《また》いだ。

寺の正面に古い建物が見えるが、人の頭ばかりで境内のどこに向かっているのかさえ分からなかった。

行く手の左右にずらっと並んだテントが、人と人の間から垣間見《かいまみ》える。そのすべてが出店だった。

久米が右の方へ寄っていき、黒山の人集《ひとだか》りの前で立ち止まった。

「もっと前に行きます」

久米が背後にいる菜緒を見た。

人を掻き分け前へ行く久米の後に続く。

ゴザが敷かれた上に壺《つぼ》や甕《かめ》、茶碗や花瓶がぎっしりと並べてあった。刀の鍔《つば》とか古いお金も混じっている。古物の向こうに初老の白髪《しらが》頭の男が床几《しょうぎ》に座っていた。男の足元や脇にも刀剣類、掛け軸、何が入っているか分からない桐《きり》の箱などが無造作に置いてある。

「店主の手の届く場所にあるものが高価なもんです。さらに値が張る物は彼の後ろ、テントの中に積み上げられた行李《こうり》の中にしまってあります」

久米が小声で説明してくれた。

「盗《と》られないんですか」

前後左右むき出しなのが無防備に思えた。

「この一角は骨董品を扱った店が五、六店集まってます。みんな顔見知りで誰かが目を光らせているんですよ。よく言うやないですか、人の目が一番のセキュリティだって」

「そうなんですか、商売敵《がたき》じゃないんですね」

「ええ。各店、同じような骨董品が並んでるように見えますけど、それぞれ得意な分野があって、通はそれを知って掘り出し物を見つけるんです」

「見つかるもんなんですか」

「何がです？」

「いえ、掘り出し物」

雑然と並べられていて、貴重な品が紛れている感じがしなかった。

「ガラクタに見えるんでしょう？」

久米が口の端で笑って言う。

「だから面白いんですよ」

玉石混淆《ぎょくせきこんこう》だから自分の目だけが頼りになる。店主との戦いが魅力なんだそうだ。

「それは分かりますけど」

町で店を構えている画廊や古物商の方が信用できそうだと菜緒は思ったが、口には出さなかった。

「偉そうなことを言うてますが、僕も素人《しろうと》ですから何が掘り出し物で、どれが下手物《げてもの》なのか分かりません。ただ、時代小説を書くために古銭や無名の画家の軸を探していて、この雰囲気が堪《たま》らなく好きになったんです」

「小道具はムードづくりに役立ちますから大切ですね」

菜緒はスカートの後ろを膝裏に折り込んでしゃがんだ。

目の前にある小柄《こづか》を手にして鞘《さや》から引き抜いて驚いた。模擬刀だろうと思っていたが、どうやらよく切れそうな真剣のようだった。

「危ないよ、お姉さん」

しわがれた声がして、顔を上げると店主の笑顔があった。

「これ本身ですか」

「そうや、そこらの刺身包丁より切れるよ。江戸時代、和歌山の殿様の姫が持ってたもんや。鞘かて上等の漆《うるし》を使《つこ》てる」

「御姫さんですか」

「ほうや。どことなく気品があるやろ、お姉さんと一緒で」

「そんな気品だなんて」

口元が緩んだのが自分でも分かる。

「これほど状態のいいもんも珍しい。二万円でも安いけど、お姉さんの女っぷりに惚《ほ》れましたさかい一万九八〇〇円《いちきゅつぱ》にさせてもらいますわ」

縁日でのやり取りはもちろん初めてではない。バザーで売る側に立ったことも何度かある。しかしテンポが違った。独特の間が心地よくさえあり、簡単に言うと上手《うま》く乗せられる感じだ。

「やっぱりお返しします」

手にした短刀を元に戻さないと買ってしまいそうになる。

「あら、変わりやすいのは女心か。構へん構へん、他にもぎょうさんあるさかい、見ていってちょうだい」

「面白いでしょう?」

隣の久米が目を細めている。

その久米が今度は店主の方を向いて大きな声で言った。

「ご主人、取り置きの茶碗、もらいにきました」

店主は背後にあった桐の箱をとり、足元の紫色の風呂敷《ふろしき》の中央に置いた。箱の前面の板をするっとずらして中身を見せた。

「これですな」

「そうです、それです。一五万だったっけ」

「冗談きついな、旦那《だんな》さん。一七万円と八〇〇〇円だっせ」

「もう一声。わざわざお金を引き出してきたんですから」

とっさに菜緒が声を出した。

「なんだ、お姉さんは旦那さんのお連れさん、いやお嬢ちゃんやったんや」

菜緒は苦笑いした。久米が父親なんて考えられないけれど、否定しても仕方ない。

「そう、そのお嬢ちゃんに免じて端数《はすう》切ってくれませんか」

菜緒は拝むような格好をした。

「ああ、もう仕方ない。一七万で手を打たしてもらいます」

菜緒はバッグの中に手を入れて、銀行のマークの付いた袋からお札を引き抜いた。枚数を数えて店主に渡す。

店主はサッと確かめ、箱を風呂敷に包む。

「上等の風呂敷やで、これもおまけや」

と包みを両手で持って菜緒に手渡した。

菜緒がそれを久米に差し出すと赤ん坊のように胸に抱きかかえた。

菜緒は無性に喉《のど》が渇いた。

「久米さん、一息入れませんか」

「そうですね」

久米は人混みに揉《も》まれながら東門を出て、右手に折れる。そこにこぢんまりとした喫茶店があった。店内は満員だったが、一〇分ほどで一番手前の席が空いた。店に入り席に着くとすぐ、アイスコーヒーを二つ注文する。菜緒は行儀が悪いと思ったが、額をおしぼりで拭《ぬぐ》った。汗だくになっていたので、おしぼりの冷たさがありがたい。

向かいの久米は、テーブルの上に風呂敷包みを置き、それを気にしながら顔全体を拭っている。

「そのお茶碗、よほどお気に召したんですね」

「ええ。ああ、風見さんにお礼を言わないといけませんね。本当にありがとうございます。また無理を言いました。お疲れでしょう？」

「いえ、新幹線での移動は馴《な》れてますし、我が社としても久米さんの新作のためですから」

アイスコーヒーが運ばれてきた。とにかく喉がからからだったので、ブラックのままストローで口に運んだ。冷たい苦みで一気に汗が引く気がする。

「ところでその新作の話なんですが、茶碗の書き付けが、どうとかおっしゃってましたね」

紫色の風呂敷包みに目をやる。

「店主から読ませてもらったのは冒頭だけなんですがね、それが刺激的なんですよ」

眼鏡の蔓《つる》を手で押し上げ、風呂敷を撫《な》でた。

「なぜ冒頭だけで、小説の題材になると判断されたんです？」

「無謀だと思ったんでしょう？　いやせっかく用立てたのに無駄になるかもしれないと」

「いえ、そんな意味では」

「茶碗を見て、書き付けを読めば、風見さんも興味を持たれると思いますよ」

久米はコーヒーの入ったグラスをテーブルの端によけた。静かに風呂敷を解き、桐の箱の前面の板に手をかける。ちょうどラーメン屋さんが出前のときに使う「慳貪式岡持《けんどんしきおかもち》」のように板を上へスライドさせた。

「こんなところでいいんですか」

「いやいや箱からは出しません。このままでまず見てください」

久米が箱の前面をこちらに向ける。

菜緒も慌ててグラスを傍らへと移動させた。

骨董品に疎《うと》い菜緒には、その茶碗が支払った値段の価値があるものとは見えなかった。白っぽい茶碗で、目を凝《こ》らすと桜の木と花びらが描かれているのが分かる。それなりに美しいとは思うけれど、平凡な形だし、無数にある金色の継ぎ痕《あと》が気になる。似たような茶碗で無傷なものをいくらでも見たことがあると思った。傷が価値を下げることはあっても、上げることなどないのではないか。

「京焼の白ハケメ桜抹茶碗と言ったところでしょうか。継ぎ痕が目立って、それが気になるんでしょう？」

久米が、菜緒の表情から不安に思っていることを見抜いたようだ。

「こんなに傷だらけで一七万円はちょっとお高いんじゃないですか」

正直な思いが口を突いて出た。

「その疑問はごもっともです。ですが、割れた焼き物を継いで使う。これは伝統文化なんです。縄文の末期の土器にも漆で修復した痕跡《こんせき》があったんだと最近のニュースで知りました。そんな昔からですよ」

楽焼や本阿弥光悦《ほんあみこうえつ》の作品にもわざと割って継ぐことで独特の風合いを生み出したものがある。生漆《きうるし》から麦漆を作り、半月もかけて接着した上に金を施すという手間暇が新しい価値を生むと、久米は得意げに言った。

「つまり、こいつの価値はまさに金の継ぎ痕にあると言ってもいいんです」

「それは名のある茶碗の場合のことではないんですか」

「確かにこの茶碗自体、それほどの名品でないのは素人目にも明らかです。そんなものをこれほど丁寧に金で継いだのが不可思議なくらいだ。そこでこれが生きてくる」

久米が嬉《うれ》しそうに箱を自分に向け、手を入れたかと思うと四六判サイズの和綴《わと》じ本を取り出す。

「どうぞご覧下さい」

差し出された古めかしい書き付けが、久米が鉱脈だと言っていたもののようだ。

「拝見します」

菜緒は手が濡《ぬ》れていないか確かめて書き付けを受け取ると、微《かす》かなカビの臭《にお》いが漂った。

和紙を二つ折りにして紙縒《こよ》りで綴じた書き付けの表紙には、墨字で「茶碗継職人恋重荷」とあった。表紙の地模様には梅の家紋が描かれている。

「茶碗継ぎってことは……」

「お察しの通り、茶碗を継いだ職人のことですよ。茶碗継ぎ職人が書いた、題して『ちゃわんつぎしょくにんこいのおもに』と読めばいいんでしょう」

「芝居がかったタイトルですね。まるで歌舞伎《かぶき》か浄瑠璃《じょうるり》みたい」

余計にいかがわしさが増した気がする。通常、茶碗の説明を記すのなら、箱の蓋《ふた》の裏か、背面に制作年月日と作者名、茶碗の名前の数行で事足りる。よほどの名品か献上品でも一、二ページで済むだろう。

菜緒は和紙を丁寧にめくる。達筆というのとは違い、相当なくせ字でほとんど判読できない。ますます書き付けとしての信憑性《しんぴょうせい》に欠けると思った。

「上手くない字でしょう。はっきり言えば下手だ。だからこそ惹《ひ》かれたんです」

「どういうことですか」

「さらさらと書いたんじゃなく、力が入ってギクシャクした綴《つづ》り方だ。わざと下手に書いたとも思えない。つまり文字を書き慣れていない職人の手によるものだ。リアリティがあると思いませんか」

「はあ、そういうもんですかね」

「ええ、このままじゃとても読めたもんやない」

「でも久米さんは読まれたんですよね」

「いやはや難解でしたよ。癖を発見して読める部分から類推してようやく内容がとれるって感じですがね。まあ一時期流行《はや》った超訳みたいなもんです」

「超訳なんですか」

「心配しないでください、デタラメには訳しません。あくまで小説の原典として捉《とら》えてほしいんですよ。すると分かってきますから、僕がこれを鉱脈だと言った意味が」

「ですが久米さんも、全部は読んでらっしゃらないんでしょう?」

露店での立ち読み程度のはずだ。

「もちろん冒頭だけです。さっきの店主だ、そんなに甘くない」

「こんなこと申し上げにくいんですが、竜頭蛇尾《りゅうとうだび》ってことはないでしょうか」

素直な思いを口にした。現に久米自身が、店主の商売のやり口を皮肉ったばかりではないか。書き付けの冒頭だけで興味をそそるのは常套《じょうとう》手段のような気もする。

「おやおや、文芸出版社の編集者とも思えない言葉ですね」

「どうしてです？」

「御社の玉木さんが、言ってるじゃないですか。新人賞では、最初の一〇枚を読めば書き手の力が分かる。そこでダメだったもので、傑作に出会ったことはないって」

久米が言ったのは、いかに冒頭に神経を使うかが鍵《かぎ》になるという趣旨の、新人賞投稿者向けに書いた玉木の文章だ。

「そうなんですが。それはともかくこの書き付けは久米さんの感触では傑作だと？」

「でないと僕も大金をせびりません」

「分かりました。ただ冒頭だけでも結構ですので内容を教えてください」

「じゃあ、僕の家に。だいぶん混んできましたから」

久米は満席の店内を見回してから、外で待つ客へ視線を向けた。

3

久米の自宅といえば伏見の稲荷《いなり》大社を思い出す。神社までは徒歩で一〇分ほどの場所だったはずだ。

一度だけ訪問したことがあるが、久米に案内された伏見稲荷大社の千本鳥居の印象があまりに強く、その他の風景はあまり記憶していない。

タクシーを降りて、稲荷への参道の二筋ほど北にあたる細い道を歩く。やや上り勾配《こうばい》の先に古い家並みがあり、その端っこの家が久米宅だ。

新人賞を取ってから、三年ほどして古民家を買った。それまでは宇治市のアパートで妻、木綿子《ゆうこ》と暮らしていたそうだ。

出身は京都と奈良の間にある町だと聞いたことがある。農家の長男だったけれど家業を継ぐ気はなく、京都の大学を卒業後ずっと市内に住んでいた。小説家を夢見て一旦《いったん》東京に出てきたことがあるとも聞いた。広告代理店や旅行誌のライターをしていた時代が長かったようだ。

うちの時代小説新人賞を受賞したときは、宇治市に居を構えて茶の業界紙の記者をしていた。

久米の後に付いて玄関を上がるとすぐに四畳半の居間、その奥が六畳程の客間となっていた。客間には大きな座敷机が置かれていて、開かれた障子窓から外の緑が見える。机に置かれた紫の風呂敷に包まれた桐箱のシルエットが妙に似合っていた。

水道の音と、妻の木綿子の気配を感じる。襖《ふすま》の向こう隣の部屋が台所なのだろう。

ちがいない。


「どうぞ」

久米が座卓の向かいの座布団に座るよう促すと、すぐに木綿子がお盆を手に姿を見せた。

タクシーを降りる寸前、久米は木綿子に菜緒の訪問を告げていたから、用意をしていたにちがいない。


木綿子は茶菓子と茶碗を座卓の上に載せると素早く三つ指を突いた。

「いつも主人がお世話になっております。またこの度は無理を聞いていただきありがとう
ございました」

緊張しているのだろう、木綿子の声は高音で語尾が微妙に震えていた。

「こちらこそ、突然押し掛けてすみません」

菜緒は恐縮して座布団を外して頭を下げた。

「粗茶ですが、どうぞ」

そう言うと木綿子は台所へ戻って行った。

木綿子とは数回会っているが、いつも伏し目がちで控えめだった。一番最近に会ったと
きは、軽い冗談を言って笑わせようとして上手くいかなかったのを覚えている。

「まずはお茶を上がってください」

久米が菓子を勧め、彼自身も葛饅頭《くずまんじゅう》にくろもじを突き刺し、口へ運んだ。

「頂戴《ちょうだい》します」

饅頭を半分に切って食べる。柔らかな葛から上品な漉《こ》し餡《あん》の甘さが溢《あふ》れてきた。

「さっき見てもらったように書き付けは異例の長さです。しかも独特の文字だ。読み解くのに時間がかかると思うんですが、それは僕が何とかします。あくまでそれをヒントにするだけですから」

久米が再び風呂敷を解き、桐の箱を開けた。

書き付けを手にして義太夫《ぎだゆう》語りがするように顔の前へ持ち上げて拝む。大げさな所作は価値あるものだと言わんばかりだ。

「やっぱり書き付けに恋重荷なんて変わってます」

「世阿弥《ぜあみ》作の『恋重荷』という能楽があります」

「京都だからその能に関係あるんでしょうか？」

「能楽では老人が若い女性に想《おも》いを寄せるが成就しないという話になってます。それが酷《ひど》いんですよ」

久米の目元が笑っている。

「酷い？」

「ええ。白河院の女御《にょうご》に、菊を丹精している老人が一目惚れをしてしまうんですが、身分違いと年の差があり過ぎて当然叶《かな》わない。家来が、岩をきれいな布で包んでそれを担いで庭を歩くことができれば、もう一度女御に会わせてやるなんて言って。冗談半分にこの岩を恋の重荷って名付けたんです。恋い焦がれる老人は死力を尽くして恋の重荷を運ぼうとするんですが、年老いた男にはどだい無理な話でした。当然失敗し、その場を立ち去り自殺してしまう」

「何だか切ない話ですね」

「ただ世阿弥はこれをハッピーエンドにしてるんですがね」

責任を感じた女御が恋の重荷のある庭で老人を弔《とむら》うと老人の霊が現れる。老人の霊は鬼人となって巨石のような重さで女御の身体を押し付け責めた。あまりの苦しさに女御が涙を流す。

「その涙に老人は感動して、供養してくれるなら許すというんです。それどころか女御の守護神になってあげると約束までして消えていくんですよ」

「なんか怖いですね。とてもロマンチックな恋愛の話とは思えません」

「だから茶碗継ぎが使った恋重荷という言葉は、能楽とは無関係だと思います。最後まで読んでないから分かりませんけど、想いの届かない恋という意味なんじゃないかな」

「それが当然、そのお茶碗と関係があるんですよね」

桐の箱に目を落とす。

「もちろん、そのはず」

「はずでは困るんです」

反射的に礼を失した言い方になった。

「まあまあ、そんな怖い顔しないでください。茶碗継ぎの恋愛物語がどうこの茶碗と結びつくのか読み終えるまでは分かりませんけれど、とりあえず僕が読んだところまでをお話しします。しばらく聞いていてください」

久米は書き付けを開いた。

「お願いします」

菜緒が座り直した。

窓の外がにわかに暗くなった。雨が降るかもしれない。網戸越しに入ってくる風に土の匂いが含まれていた。

窓の方をちらっと見て咳払《せきばら》いし、久米は静かに話し出した。

「舞台は江戸時代、辛《かろ》うじて読める文字は文政《ぶんせい》となっていたから、一八一八年から三〇年までということになります。住所などは明確にされてませんが、京の都が舞台だということは通り名や古刹《こさつ》などが出てくるので分かります。主人公、つまりこの長い書き付けを書いたのは茶碗継ぎの職人の平助《へいすけ》という男性だ。表紙をめくったいわゆる扉には『開』とあって、いま確かめてみたんですが、最終章が始まる前にも一文字、『結』とありました。たぶんプロローグとエピローグみたいなものだと思います」

「ますます芝居がかってませんか」

不安からまた口を出してしまった。

久米は菜緒の言葉を無視して続ける。

「お経では開経と結経というものがあります。例えば『法華経《ほけきょう》』では、『無量義経《むりょうぎきょう》』が開経、『仏説観普賢菩薩行法経《ぶっせつかんふげんぼさつぎょうほうきょう》』を結経としていますが、たぶんそんなのを真似《まね》たんだと思います。とにかくその『開』の部分を僕なりに現代語にして読んでみますね。僕が露店で立ち読みした部分です」

ここに記すのは四条河原の芝居でも、見世物でもありません。すべて本当の話です。ただそう言われてもただちに信用する人はいないかもしれない。なぜなら丹後《たんご》の百姓の五男坊、口減らしで都の茶碗継ぎ職人伝蔵《でんぞう》の元に出された身の上の私が、文字など書けるはずがない、と思うにちがいないからです。ましてや物語るなど、いかにも芝居がかっていて、どこかの板元《はんもと》が戯作者《げさくしゃ》風情に書かせた戯《ざ》れ言に相違ないと訝《いぶか》るのも無理からぬことです。

いかに人心を惑わす不届き者、罰あたりめという誹《そし》りを受けたとしても、書き残さねばならない真実があります。そうすることで私は、仏罰から逃れ、厚かましくも来世も人身を受けたいと企《たくら》んでいます。

それは私のためだけではありません。ただあの方を、あの方を回向《えこう》したいため、その一心のためなのです。私が、職人の分際で、このような書き付けを残せるまでにしてくれた、浄真善寺《じょうしんぜんじ》の紫乃《しの》様のためなのです。

　久米は言葉を切って茶を飲み、

「ここまでのご感想は？」

　と菜緒の顔を見る。

「こなれたとは言いがたいですが、プロローグとしては期待が持てると思います。久米さんの創作は入っていないんですよね」

「ええ、いまはそのまま読んでます。僕が興味を持ったのは、『回向したい』、『仏罰から逃れ、厚かましくも来世も人身を受けたい』という記述なんです」

「紫乃さんは死んだってことですね。うっかり結末を書いてしまっているところが、素人くさいですけれど」

「それも狙《ねら》いだとすれば？」

　久米の目が怪しく光った。

「もしそうだとすれば、大したものです」

「ですね。では先を読んでみます。ただ、ここからは乱れた文字もあって、前後の文章から類推しなければならない部分が増えてくるんですが」

　久米がしかめっ面を見せた。

「とにかく久米さんが鉱脈だと直感された部分までは伺わないと、上の人間に報告できないですから」

「それもそうですね。では、続けます」

久米は再び茶を飲んでから、喉を整えるように咳払いをして読み出した。


それは六月のある日のことでした。某寺の近くで仕事をしていた私に、それは美しい女性が声をかけてきたのです。

「あなたは茶碗継ぎの平助さんですね。檀家《だんか》の方から評判は聞いてます。後でお寺にきてくれはりますか」

それが坊守《ぼうもり》の紫乃様だということは一目で分かりました。この界隈《かいわい》で知らない者がないほどの美人だと噂《うわさ》されていたからです。

衝撃だといえば笑う方もいるでしょう。それはあなたが紫乃様を見ていないからです。もし一目でもお姿を見れば、私の言うことにうなずくはずです。周りの風景を一変させるほど華やかな美しさではなく、いつまでも見ていたいと吸い込まれそうな妖艶《ようえん》さなのです。ああこうして紫乃様のことを綴っているだけで頭がくらくらして気がおかしくなってしまいそうなくらいです。

何とか正気を取り戻しつつ話を続けます。私が最初に頂戴した仕事は、お寺に伝わる香《こう》炉《ろ》の修繕でした。

その後も「小僧さんが割ってしもた大皿なんですけど、継いでくれはりますか。高価なものではないんで他のものを使ってもいいけれど、ものの大切さを小僧さんたちにも学んでほしいんです」と気さくに声をかけてくださるようになったのです。

そのたびに紫乃様に会える喜びを噛《か》みしめておりました。注文を頂くと坊の庭先ではありますが紫乃様と二人きりになれます。

品物を預かるとき、それからお納めする際、二度も紫乃様に会えると思うと天にも昇る心持ちがして、他の仕事をしていても紫乃様のことばかりが気になってしまうのでした。

いつからでしょうか、仕事に必要なことだけでなく世間話をするようになったのは。そして、お菓子や茶をご馳走《ちそう》してくださるまでにお近づきになれたのです。

お菓子にしても、到底私どもの口に入ることのない珍しいものを出してくださる。禁裏《きんり》御所御膳所《ごしょおぜんしょ》に納めたという寺町三条の亀屋冶兵衛《かめややへえ》というかの有名な京御菓子司《おんかしつかさ》がこさえた清浄歓喜団《せいじょうかんきだん》を振る舞ってくださったときのことは忘れません。

京菓子とは思えない巾着《きんちゃく》絞りのような形をしております。絞った部分がきれいな八つの花弁のようで、触れると当節流行のてんぷらのような固さがありました。紫乃様はこの絞りは蓮《はす》を表しているから、お寺さんで好評なのだと微笑《ほほえ》まれます。むろん菓子の味もそうですが、その折の紫乃様のお顔は、生涯忘れられないものとなりました。

いつものようにご本人に気づかれぬよう、お顔を盗み見ておったのですが、それはふと茶を入れ替えようと半身になられたときのことでした。根結《ねゆい》の垂れ髪の右のうなじに、生々しい赤い筋状の腫《は》れを見てしまったのです。私は息を飲み、思わず目をそらせました。見てはならないものを見た、そんな気持ちに襲われたからです。

そこで久米が書き付けを座卓に置き、茶を口に運んだ。白髪交じりの長髪を掻き上げ、

「いかがです？　芝居がかってるとはいえ、なかなかどうして物語の導入としては達者な文章だと思いませんか」

と、眼鏡を整えた。

「本当に茶碗継ぎの平助さんが書いたとすれば、おっしゃる通り、ツボを押さえたプロローグですね」

「でしょう」

「ただ少し饒舌《じょうぜつ》なのが気になりますけど」

「それは書き付けだと思うからじゃないですか。いや、それを忘れてしまうだけの雰囲気があると僕は思う。どうです、これからの顚末《てんまつ》が気になってきませんか」

久米は横目で菜緒を見た。そこに挑戦的な光が映っていた。

「まあ、そうですね。何かが起こりそうなムードであることは認めます。ですが、お坊さんの奥さん、紫乃さんに一目惚れをしてしまってそれが原因で二人が破滅に向かうということは、すぐに想像できます。そして紫乃さんが亡くなることも冒頭で明かしてますしね」

「さあそれはこの先を読まないと分かりませんよ。あなたも気にするようにどう茶碗が絡んでくるのかも。ただここからもっと読みづらい文字になるんです」

「そうですか。じゃあ冒頭だけでも部長に読んでもらいます。お手数ですが、文章化していただけませんか」

菜緒は玉木の判断を仰《あお》ぎたかった。書き付けの物語としての展開は気になったけれど、それは冒頭に過ぎないのだ。菜緒が下手にゴーサインを出してしまって凡作に終わった場合のリスクも考えないといけない。

「いいですが、一晩待ってください」

「もちろん」

「これから急いでやります」

「玉木も喜ぶと思います」

玉木が久米の復活を望んでいることは確かだ。緻《ち》密《みつ》な計算をするタイプではないけれど、自社の新人賞受賞者だけで時代小説の新しいレーベルの立ち上げを目論《もくろ》んでいて、それがある程度利益に繋《つな》がると踏んでいる。

「恩返しのつもりで気張ります」

「あの、一つ伺ってもよろしいですか」

「はあ」

「ここに出てくる『清浄歓喜団』というお菓子ですけど、私は食べたことないんですが、確かお店は八坂神社の方だと聞いたことがあるんです」

ガイドブックで祇園《ぎおん》八坂エリアの名店として紹介されていた。

「亀屋清永さんですね」

「書き付けでは寺町三条ってなってました」

「元はそこにあったと記録にあるみたいですよ。ちゃんと事実に合ってます」

「疑っている訳じゃなくて、食べたくなったもんで。三条にもお店があるのかなって」

「三条にはもうありません。高島屋とかにも売ってるはずです」

「すみません、変なこと伺ってしまって」

「いや、そういう部分も、江戸時代の京都に生きた職人さんと繋がっている感じがして、楽しいですね」

「では文章化の件、よろしくお願いします」

菜緒は久米に念を押し、玄関先にタクシーを呼んでもらった。いつの間にか土砂降りの雨になっていたからだ。

京都駅に着くと、お土産物売り場で母には漬け物、一樹には近畿地区限定「宇治抹茶ポッキー」を買って新幹線ホームへと向かった。

清浄歓喜団はまた今度にしよう。

4

明くる日のお昼前、菜緒は久米から届いたメールをプリントアウトして、出社したばかりの玉木に見せた。

デスクに積み上げられたゲラや書籍の見本の陰で、小さくなって玉木は黙読する。読み終わると真顔になって菜緒を見上げた。

「いいじゃないか。これまでの久米さんにはないミステリーっぽさがある」

「このまま進めていいんですか」

「もう投資してるしね。それに本人、やる気を出してくれてるんでしょう?」

玉木は頰《ほお》に張り付いた髭《ひげ》を撫でた。

「かなり熱が籠《こ》もってる感じでした」

「じゃあ問題ないじゃない。しかしこの書き付け、変わってるね。かなり長いものになるんでしょう？」

「和綴じ本で四〇ページですが、手書き文字でびっしりなので文字数は分かりません」

まともに読める文字の方が少ないくせ字だったと伝えた。

「そんなのが茶碗にね。どっちがメインなのか分からないな」

「正直、とても違和感があります」

「で、肝腎《かんじん》の茶碗はどうだった。価値がありそうなの？」

玉木は椅子《いす》の背にもたれ頭上で腕を組んだ。

「私にはよく分かりません。京焼だそうですがブラック・ジャックの顔みたいに傷があって」

「ブラック・ジャック？」

「ええ、傷の上を金色の筋でなぞってるんですよ。写メ撮ればよかったですね。うっかりしてました」

「いいよ、俺は骨董品に疎《うと》いから見ても分からないし。まあ元手が掛かってるんだから、久米さんもそれなりに頑張るでしょう」

「あの、私が立て替えてるんですけど」

釘《くぎ》を刺しておかないと有耶無耶《うやむや》にされる。玉木は編集者の眼力はあると思う反面、金銭的にルーズなところがあった。

「そうだった。領収書っていうのはないんだよね」

「ええ、露店ですから。まさかそれがないと」

「いや、何とかする。とりあえず久米さんにはゴーサイン出してよ。スケジュールの調整もよろしく」

と玉木は素早く立ち上がり、新人の工藤香怜《くどうかれん》にランチに出かけるぞ、と声をかけた。

二人がオフィスから出て行く姿を見送り、重く怠《だる》い身体を引きずるようにして菜緒は席に戻った。

椅子に座って大きく息を吐く。このところ疲れが抜けないし、化粧の乗りもよくなかった。

引き出しからビタミン剤を取り出して、ミネラルウォーターで流し込み、やりかけだったゲラへの鉛筆入れをする。ゲラに校閲者が指摘してきた箇所に自分の意見も付け加え、転記していくのだ。

何度か転記ミスをしては、訂正した。やはり本調子ではないと自分で肩を揉《も》む。首を回し伸びをして再び鉛筆を握り直した。

ゲラは我が社の屋台骨を支えてくれる人気作家、中西篤哉《なかにしとくや》の文庫本用のものだ。篤哉の『柳生月影抄《やぎゅうつきかげしょう》・秘剣合撃逆手持《ひけんごうげきさかても》ち』シリーズは店頭に並べば常に三〇万部は見込め、現在第二三弾に至っている。

篤哉を売れっ子にしたのは自分だという自負が菜緒にはあった。他社のミステリー系の新人賞でデビューしたが、「本格」でも「社会派」でもない作風が世間には受け入れられなかった。武道経験があるというプロフィールを見た菜緒が、昔ながらのチャンバラ小説を書いてはと提案した。テレビの地上波で時代劇が姿を消していく中で、寂《さび》しさを感じている人が一定数存在する。そのファン層が、人情話中心の時代小説を好んで手に取る現象はすでにあった。中には純粋なチャンバラ小説のファンもいるはずだ、と菜緒は玉木を説得した。

文庫書き下ろしの手軽さも功を奏し、菜緒の思惑通り第一作から順調なスタートを切った。早々に衛星放送でのドラマ化の話がもたらされ、主演俳優の顔写真つきの帯に巻き替えるとさらに部数を伸ばした。

その功績によって菜緒は社内での発言権も、自由度も増した。けれど、その代償も大きかった。

時期も悪かった。ちょうど夫の郁夫《いくお》が勤める電気機器メーカーが業績悪化に伴い、関西の大手電機メーカーの傘下に入ったばかりだったのだ。

郁夫は卒業した工業大学の先輩に誘われて就職し、白物家電の開発部に身を置いていた。その先輩がリストラされ、自身も大阪に転勤させられるなど精神的に不安定になっていたのだと思う。

週末、東京に帰ってきたときの郁夫は、どことなく気もそぞろで落ち着きがなく、表情も硬かった。心配で話しかけても生返事しかしないし、七つになったばかりの一樹が一緒に遊ぶのを楽しみにしているテレビゲームもしなくなった。一樹が執拗《しつよう》にせがむと「うるさい」と言い放ち、書斎に引っ込んでしまう。

これまでにないそぶりから、明らかにおかしいと感じていた。しかし菜緒も、篤哉の三ヵ月連続刊行の企画のための残業で、一樹の面倒をみるのが精一杯の状態だった。見て見ぬふりを決め込み、そのうち何とかなるだろうと思い込もうとしていたのだ。

連続刊行で、書店棚を確保したことによるＰＲ効果が読者獲得に結びついたと判断された週末、久しぶりに休みを取った。

そして書斎に入る郁夫の顔を見たとき愕然《がくぜん》とした。まったく表情がなかったのだ。よく「能面のような」とたとえられるが、それどころではなく土気色《つちけいろ》の死人に近かった。

うつ病。そんな言葉が頭をよぎった。

長らく躊躇《ちゆうちよ》していたが、意を決し心療内科への受診を持ちかけた。

そのとき郁夫が何も言わずに手を上げた。

何が起こったのか分からず、気づくと右の手を床に突き倒れていた。左耳にキーンという音が鳴り響き、口内から血の臭いがしてきた。見上げると、郁夫の冷たい瞳《ひとみ》が見下ろしている。

郁夫のくちびるが動いたが、治まらない耳鳴りでよく聞こえない。左目からだけ涙が出ているのか、ぼやけてよく見えない。

今度は後ろで束ねていた髪の毛を摑《つか》まれ、無理やり立たされた。そのまま髪を引っ張られて、書斎から廊下へ出される。そしてまた平手が飛んできた。

顔は何回殴られたのか、お腹も何度蹴《け》られたのか、固く目を瞑《つぶ》ってただ身をかがめじっとしていた。一樹の泣き叫ぶ声だけが遠くに、近くに聞こえる。

一樹の声に不審を抱いたマンションの隣の住民が警察に通報した。

救急車のストレッチャーに乗せられたところまでの記憶しかない。

明くる朝、郁夫が警察に身柄を確保されたことを病室にやってきた刑事から聞かされ、逮捕するため、被害届を提出して告訴の意思表示をしてほしいと言われた。

頭に一樹の顔が浮かんだ。傷害罪で立件されれば、犯罪者の子供となってしまう。

菜緒は自分も悪い点があるから被害届は出したくない、と言った。刑事が渋い顔をしたので、結婚して八年経《た》つけれど一度も暴力を振るわれたことがなく、とても優しい性格の夫なのだ、と説明した。

「お子さんのことを考えて庇《かば》っておられるのですね。お気持ちは分かりますが、傷害罪は親告罪ではないんです。奥さんが被害を訴えなくても逮捕して立件しようと思えばできるんですよ」

「あの、では示談にします」

「それは警察の関与するところではありません。でも奥さん、ドメスティックバイオレンスは放置すると危険です。それは奥さんの身だけではなく息子さんにも及ぶことなんです」

それでも届けは出さないと拒否し続けた。

郁夫は、菜緒の嘆願書と示談成立の手続きなどの末、不起訴処分となった。

一樹にとっては前科者にしなくてよかったけれど、夫婦の関係は元に戻ることはなかった。何とか修復しようとしたが暴力は繰り返され、結局別居状態となった。

一樹は母親を殴る蹴るしている父親の姿がトラウマになって感情を表に出さなくなってしまった。病院で心的外傷後ストレス障害と診断され、できるだけ一人にしないようにと注意を受けて、家を空けるときは母に面倒を見てもらうようになったのだった。

あれから四年になるのに、一樹がときどき赤ちゃん返りをする。昨夜も急に学校に持って行くものが分からない、と喚《わめ》きだした。時間割表すら見当たらないと言って泣き出す有様だ。

なだめてようやく教科書を鞄《かばん》に入れ、一緒の布団《ふとん》で眠った。少し成長が遅れているのか、五年生にしては小さく華奢《きゃしゃ》な身体を抱き寄せながら、菜緒は当時を思い出して眠れなかった。

校閲者の書いた文字がかすむ。机の一番上の引き出しに常備している目薬を差した。刺激が弱いものなのに刺すような痛みが走った。

ティッシュペーパーで拭い、篤哉用に使う2Bの鉛筆をナイフで削《けず》る。集中するときの菜緒のルーティーンだ。

先端を適度なとんがりにするうち、気持ちが仕事モードへスイッチされる。

再度ゲラに向かうと、転記ミスを起こさないようになってスピードも乗った。

一時間あまりして香怜だけがオフィスに戻ってきた。

「これ、中西さんにファクスしてくれる」

と声をかけた。

篤哉には通常郵送する校正ゲラをファクスで送る。

「もうできたんですか」

「まさか。まだ半分。中西さんが焦ると困るからできた分だけでも送っておこうと思って」

「でも、中西先生はゲラの戻しが早いから、いいですね」

香怜が担当しているベテラン作家はゲラを真っ赤にして戻してくるため、時間が掛かる。出版計画に間に合わせるために常に彼女は苦心している。

「まあね。ただ、早すぎるのも意外と大変よ」

篤哉は初校でほぼ完結するタイプの作家だった。つまり菜緒が書いた通りに訂正する。信頼されているのだろうが、ミスはできないというプレッシャーも常にあった。

「そんなもんですかね」

半信半疑の笑みを見せる香怜に、菜緒は七〇枚ほどのゲラを手渡して席を立つ。媒体部へ行って、篤哉の新刊用の書店ポスターの打ち合わせをするためだ。

至誠出版の文芸編集部は担当作家に関《かか》わる単行本、文庫、雑誌やその他のエッセイまで一人の担当者が受け持つ。営業部と媒体部は独立した部署で一階にオフィスがあった。

会社は神田神保町では比較的新しい四階建ての自社ビル、二階が文芸編集部、三階はノンフィクション編集部と企画事業部、四階には会議室と応接室、そして社長室があった。

媒体部は、最近篤哉の作品が映像化されることが決まり、そこら中にポスターが貼《は》ってあって熱気があった。

書店用ポスターにも主人公を演じる若手俳優の顔写真を使う許可が放送局から下り、どこまで大きく扱うかで担当者と菜緒で意見が割れた。媒体部は映画のポスターのように顔のアップで目を引きたいと主張したが、菜緒はあくまで本をメインに打ち出したいと反対した。

「帯にも顔が入るんですよ。この役者さんに乗りかかり過ぎです」

帯に記した『先手必勝か、後手必殺か』という文句がポスターでは目立たなかった。

「彼、旬ですから。便乗しない手はないですよ」

「それは分かりますけど、中西さんの場合、本が売れたから映像化されたんです」

「さらに部数が伸びたのはテレビのお陰です。視聴率がまずまずなのは、この役者に人気があるからです」

「せめてもう少しだけ書影を大きくするか、役者さんの顔を小さく扱ってください」

「うーん……そのようにデザイナーに言ってみます」

「タイトなスケジュールなのにすみませんが、お願いします」

菜緒が出版に興味を持ったのは、高校生の頃だ。学校帰りの書店でふと目に入った村田喜代子の『蕨野行《わらびのこう》』の単行本を手に取った。

初めて読む作家に定価一六〇〇円も使うことはそれまでなかったのに、帯の「この現し身は、死にもならず、生きもならず、いっそ獣になるしかないか」という言葉に惹かれた。文庫本一冊買うにもあらすじや解説を読んで、それでもレジに行くまであれこれと悩んでいた菜緒が、『蕨野行』には迷いがなかった。

実際読んでみると、さらにずしりと胸に残る帯の言葉。本に巻かれたわずかなスペース、短い文言が物語の扉を開くことがある。

吹けば飛ぶような小さな帯だけれど、いえ、ちっぽけな存在だからこそ作り手の熱が凝縮できると思った。

役者に頼ったポスターには、本自体の熱を感じない。大手出版社なら通用しない一編集者の主観だろうが、菜緒は熱にこだわりたかった。

その後中西のサイン会を開催したいという近くの書店に顔を出して、店長と打ち合わせを終えて帰社したのが午後四時前だった。

デスクに戻ってパソコンのメールをチェックすると久米の名前を見つけた。挨拶《あいさつ》の後、思ったより書き付けの続きが早く訳せたから、取り急ぎ送るという内容だった。

菜緒は添付ファイルを開いた。

5

その後も、紫乃様のうなじのミミズ腫《ば》れが頭から離れません。だからといってそのことに触れてはいけない、と紫乃様と目を合わすことすらできなくなりました。

なのに今度は、腕の青染みを袖口《そでぐち》から見てしまったのです。

前に会ったときにはなかったものでした。もう紫乃様の身の上に何が起こっているのか、想像が付きます。お寺の中で、紫乃様に痣《あざ》ができるほどの乱暴を働けるのは、旦那《だんな》様である住職をおいては考えられません。いやいや、私はかぶりを振りました。御仏《みほとけ》に仕える身の僧侶《そうりょ》が、そんなことをするはずはない。何かの間違いだと邪《よこしま》な想像を懸命に忘れ去ろうとしました。

浄真善寺の住職、照悟《しょうご》様の評判はすこぶるよく、多くの方から慕われていると噂《うわさ》に聞くからです。身を固めたのが四十近くになったのは、自身の仏道修行に加えて何や彼《か》や檀家《だんか》衆からの相談に乗っていて機会を失っていたからだそうです。

二度ほど姿を見たことがありますが、上背があり恰幅《かっぷく》がいい。眉《まゆ》が太く目元が涼しい優しい顔立ちで、偉ぶるような感じはありません。

そんな方が、よもや我が妻に危害を加えるなど考えられなかったのです。

痣は見間違いか、と問えば、これもまた否です。なのにいつもと変わらない微笑《ほほえ》みを見せる紫乃様との隔たりが大きく、私には不憫《ふびん》さを越えて不気味でさえありました。

「転んだんですか、案外坊守《ぼうもり》様もそそっかしいですね」などと軽口でもたたければ、どれほど気が楽だったことでしょう。

あれこれと想像を巡《めぐ》らせ、辛《つら》い毎日を過ごしておりました。そんな夏の未《ひつじ》の刻（午後二時頃）時分のことです。

「毎日暑い日が続きますが、ここは極楽です」私は継いだ皿を納め、お代の三十二文を受け取りながら漏らしました。

「町中は、そんなに暑いのですか」

「へえ、それはもう」

「わたくしはいつも庫裏《くり》におりますゆえ、気づきませんでした」

「お庭からの涼しい風が、坊の中にも吹くのでございましょう。庫裏も過ごしやすいのですね。ようございました」

「……そうでしょうか」悲しい目をされたと思うと急に表情を変え、「ところで平助さん、謡曲に興味はありますか」とおっしゃいました。

予期せぬ問いかけに、「お謡《うたい》はよく耳にします。何とも拍子が小気味いいですね」と答えてはみたものの、本当はまともに聞いたことはありません。三条通界隈《かいわい》、中之町や弁慶《べんけい》石町《いしちょう》、下白山町《しもはくさんちょう》辺りには焼き物屋がたくさんありますが、そこの店主たちはお得意さんとの付き合いで、能の舞台を見たり謡や鼓《つづみ》を嗜《たしな》んでいる方もおります。茶碗《ちゃわん》継ぎは、焼き物屋とは商売敵《がたき》と思われがちですが、こと私に関して言えばそうではございませんでした。備前《びぜん》、唐津《からつ》、美濃《みの》など産地から京に集まってきたもの、古田織部や茶屋四郎次郎家に伝わる焼き物なども欠けたり割れたりすることがあります。そんなとき自分でいうのも何ですが、腕のいい金継ぎによって復元します。傷を隠すのではなく、味に変えることがうまくいったものは、お好きな方が高値でお買い求めになる。本来なら廃棄するもので商売ができるということで、それはそれで店主には喜ばれております。そんな事情でたまに店に参りますと、奥の方から店主の謡や鼓が聞こえ、確かに耳にはしているのですが、自分がやってみようなどと思ったことはありませんでした。

「拍子が分かるなんて、嬉《うれ》しい」

「拍子がよくないと、商いもうまくいかないもんでございまして」

「それが分かる人は、上達できるお方なんです」

「上達できる？　そんなものですか」

「ええ。やってみませんか」

「手前が、ですか」普段は自分のことを儂《わし》としか言わないのに商家の人間のように手前などと馴《な》れない言葉を使ってしまいました。それだけ紫乃様の前では見栄《みえ》を張っていたのです。

「わたくしの前に、平助さん以外どなたがいらっしゃるというのです」紫乃様は口元に手を当てて笑われました。

「そうでした。お謡は物語がまた何ともいえずよろしいですね」よせばいいのにこんなことを言ってしまったのです。

「物語がお好きだとは、なんと、頼もしい」

「そりゃあもう。ただ物語といっても、お謡のような高尚なものではなく絵の付いた読本《よみほん》の類《たぐ》いですけど」多くの丁稚《でっち》奉公《ぼうこう》と同じように十二歳で家を出て、約十年の見習いの末一昨年一人前だと認められました。本来なら身を固める歳《とし》にもかかわらず長屋に戻ると古い本を読むことくらいが楽しみでした。「で、とんと縁に恵まれませんでした。それほど読本の物語が好きなんです」

「まあ、そんなに」紫乃様が目を細めて微笑んでくれました。

「行灯《あんどん》の油がもったいないから眠るんですが、その心配がないとなれば、手前など朝まで読みふけってしまうほどです。難しい言葉はよく分かりませんが、そこは読本にある達者な絵の助けを借りております」

「平助さんは字はどこで?」

「一通りは寺子屋で。それからは天満宮の講義をうけました」

「それはお偉い」

「へえ。お客様の注文にお応《こた》えするためにも日々学ばないといけません。当節流行の『富《ふう》貴《き》塵《じん》劫《こう》記《き》』なんてのも見たり」

「算術まで学ばれたんですね、凄《すご》いですわ」

「お客様に熱心な旦那がおられましたもんで」実際、仕事をもらうために熱心に学んだ時期もありました。関流算術を習って本格的に算額を奉納するような酔狂な御仁もおられるくらい流行《はや》っていました。

「そういえば、うちのお堂にはこんな算額がありました。『今有如圖五角面廻り等圓五个巻く只云等圓径四十九寸・零壱厘六毛五糸間五角面何幾』」

あまり難しいので、また今度拝見したいものですとだけ申しました。

到底私はそこまで上達しませんが、紙問屋の旦那などは急に初級の課題を出して試すこともあったのです。例えば「六里の道のりを旅する四人。馬は三頭、交代で乗ることとなった。四人が平等に乗るには何里ずつ乗ればよいか」と問うのです。

「馬の歩く距離を出します。三頭が六里ですから三に六を乗して、十八。十八を四人で割れば四・五里、一人分は四・五里ずつ乗ることになります」

すると旦那は「その乗り方は」と聞いてきます。

「一人分の距離四・五里を馬三頭で割りまして、一・五里。その一・五里を三人が馬に乗り、一人が歩きます。それを四度繰り返せば四人とも同等に馬に乗ることができる勘定となります」

「正解。では次に、鶏と兎《うさぎ》が合わせて百羽おる。鶏と兎の足の数だけを数えると二百八十四本だった。兎は何羽いますかな、平助どん」

これらは入門編ゆえ、その場で即答しないと、旦那の機嫌を損ねます。そうなっては商いに響きます。私もない知恵を絞ったものです。すべてが鶏だと足の数は二百本のはず。ところが足の数は二百八十四本とおっしゃる。八十四本足りません。そこで一羽だけ兎に入れ替えてみると足の数は二本増えるなんて考えていきます。八十四本分増やすには兎は四十二羽必要になる。つまり兎は四十二羽、鶏は五十八羽と答えを導き出します。実はこのすべてが鶏だったらとか、一羽兎に入れ替えればどうか、というのを長方形を描いて解きます。他にも円や多角形など図形を描いて解くものが多いのです。そんなところに惹《ひ》かれたのでしょうか。様々な図形を見ていますと人が美しいと感じるものには何か算術的な法則があるような気がして、おおいに焼き物を見る目、またそれらを継ぐときの思いつきに変化をもたらしました。

「わたくし、算術はまったく駄目です」

「家紋なんてのも算術で実にきれいに描けるのでございます」

「そんなものも？　そういえば、先程申したうちにある額にも丸が五つ描かれた図が。梅の文様と思っておりました」

「徳利やひょうたんなんてものも図形を知ってるといろいろ便利です。すべて商いに役立ってます」

「お茶碗といっても、いろいろな形がありますものね」

「どうしても流行がありますからいろいろと学ばないといけないのは確かでございます。

最近は茶の湯やお武家の間で、呼び継ぎの茶碗を重宝する方々が増えてきました」私は、まったく違う産地の焼き物同士を継いで、一つの茶碗に作り直す、寄木細工のようなものだと「呼び継ぎ」の説明をして胸を張りました。

「様々な形に割れたものをどう丸く収めていくか、思案するのが楽しいんです」

「でも難しそうです」

「まあそれなりの腕が必要になりますが、形と同時に産地の知識、それぞれの焼き物の特色を知らないとうまくいきません。そのためにももっと学ばないと」

腕のいい職人はたくさんいます。ただそれだけで商売が立ちゆくほど今の時代は甘くありません。信用を勝ち取るにも、私という人間を売り込む必要があるのです。そのためにお客さんと話を合わせる技量を磨かないといけないのです。

「ときに平助さん、お謡は商いに役に立ちませんか」

「いや、何事も勉強になります。ただ、手前にできましょうか」私は頭を掻《か》きました。

「わたくしでよかったら教えて差し上げます」紫乃様はそう言ってお笑いになりました。

唇からわずかに覗《のぞ》くお歯黒が艶《いろ》っぽく、慌てて目をそらしました。あまりに気安く話しているうち、痣のことも忘れ、住職の坊守であることすら失念しそうな自分を心の中で叱責《しっせき》したことを覚えています。

「手前はよろしいのですが、坊守様にご迷惑が」

「迷惑だなんてそんなことありません。本当にわたくしがお師匠さんでいいのですかと伺いたいくらいです」

「そんな滅相もない。紫乃様に習えるなんてありがたいです。しかしどうして手前のような者に」

「平助さんを気に掛けている方は、他にもいらっしゃいますよ。二筋上にあるお茶道具屋さんのところに出入りしているでしょう？」

「ああ、一会堂《いちえどう》様」暖簾《のれん》分けして初めてのお得意さんの屋号を口にしました。

「そこのご主人、公州《こうしゆう》様から平助さんのことを伺ったんです。とにかく勉強熱心な職人さんで、いろんなことを学びたいと言っているのだと。学ぶ機会をつくってやりたいともおっしゃってました」

「公州様が、そのようなことを」修理をするだけの金継ぎではなく、新しい茶器をこさえてみてはどうか、と公州様から持ちかけられたことがあります。そのために他の芸術に触れることを勧められたのでした。公州様は竹屋町にある松平様に出入りしているお茶屋で芸事にも長《た》けていると評判のお方です。

「それで、私にお謡を」

「謡の世界はいまにも通じる情の世界が描かれています。物語を読むだけでなく、そこに登場する人を演じることで別の見方ができるのではないですか」

いやなはずはありません。仕事ではなく、紫乃様に会う口実ができるのですから。何も用向きがないのにお寺に出入りすれば、それこそ勘ぐられます。噂にでもなればそれだけで、死罪になりかねません。

「ずぶの素人ですが、構わないのですか」

「ええ。教えるわたくしも未熟者で申し訳ないくらいです」私に教える二つ目の理由として、方々で見たり聞いたりしたことを教えてほしいのだとおっしゃいました。

妙な感じがして私は尋ねました。「坊守様の方が世間が広いでしょうに」

「お寺の用事が多いものだから……」寂《さび》しげな目が濡《ぬ》れ縁に落ちていきました。

「手前は扇酒屋町《おうぎさかやちょう》の長屋から、上は六角通、南は本願寺さんの界隈、西は大宮、東は鴨川を越えるところまで商いさせていただいております。それほど広くはありませんが、いろいろ耳に入ってくることもございます。世間話でよろしければ、それはもうお安いご用です」

「嬉しいです。でも謡曲の節は、基本的に口移しです。馴れるまではお話しできる暇があるかどうか」明るい表情に戻って紫乃様がお笑いになりました。

「お手柔らかにお願いいたします」

「冗談です。少しずつ無理のないように進めてゆきます」

「ありがとうございます」私は頭を下げました。

こうして私と紫乃様の逢瀬《おうせ》は始まりました。もちろん客殿に上がることはなく、方丈《ほうじょう》の裏庭に面した縁側より中に入ることはしませんでした。とにもかくにも紫乃様の美しさは近寄りがたく、会う度に身がすくむほどだったのです。

心ほど自由にならないものはありません。それが自分のものでも、勝手な妄想を描きはじめると、止めどがないものです。いつしか恋慕の情がむくむくと頭をもたげてきたのでした。

何度も鴨川の河原に佇《たたず》み、石つぶてを思い切り水面に投げてできる水泡のように消え失《う》せてくれればと願ったのですが、うまくはいきません。やっぱり折に触れ、坊守様、いえ紫乃様のことを考えてしまう自分がいるという有様です。そして一向に消えない、いえ新たに増えていく青染みの訳が、心底知りたいと思う気持ちもますます大きくなっていったのでした。

「いかがでした？」

菜緒がメールを読み終え、電話をかけると久米がいきなり訊《き》いてきた。

「まずは、ありがとうございました」

「ミステリアスでしょう、紫乃という女性」

「そうですが、彼女が暴力を受けていることは容易に想像できます」

感じたことを口にした瞬間、血の臭《にお》いが口中に広がる。

「ええ、おそらく旦那から虐待されているんでしょうね」

久米の声の調子が弾んでいるように聞こえた。

多くの男性が抱くドメスティックバイオレンスの印象に深刻さはない。そう思ったのは退院して仕事復帰したときの職場の男性たちの態度からだ。慰めや激励の言葉を発する彼らの目に哀れみとも嘲《あざけ》りともつかぬ光を感じた。

「どうかしました？」

と久米に訊かれ、自分が沈黙していたことに気づく。

「住職、照悟さんとは限りませんが」

旦那という言い方が嫌だった。

「江戸時代ですよ。自由に外へ出歩けないようですから、そこまで束縛できるのは旦那の公算が強いと思います。うん、きっと綺麗《きれい》な女性を妻にしたんで、悪い虫が付くのを恐れているんだ」

「かもしれませんけど」

「それに紫乃の髪型ですが、うちの家で読んだ部分ですが、根結の垂れ髪ってあったでしょう。あれは武家に多い髪型なんです。紫乃は武家の出だと思うんですね」

「武家だと、どうなんですか」

「江戸ならまだしも京都です。本願寺とか大きな寺に仕える寺侍《てらざむらい》がいました。その家の娘だと思います。ただ浄真善寺はさほど大きい寺とは思えない。その辺りにも何か事情がありそうですね。まあ先を訳していけば分かってきます」

「あの、謡とか算術とか登場しますね。この先も出てくるようなら少し勉強しておいた方がいいんでしょうか」

「ざっと見たところでは、多々出てくるみたいですね。けれどその都度、僕の方で調べて分かる範囲で解説というか、訳すときに分かりやすく解きほぐすつもりですから、そんなの心配しなくてもいいです」

「助かります」

「それで、玉木さんの反応は？」

「ああ、すみません。すぐにご報告しないといけませんでした。玉木は、このまま進めていってくださいと言っております」

「よかった。僕が鉱脈だって言ってたことを信じてもらえたんだ」

久米の声が明るくなった。

「ええ。それでスケジュールの打ち合わせにもう一度京都に伺いたいと思うんですが、再来週末くらいはいかがでしょうか」

中西篤哉の書店キャンペーンで関西へ行く予定がはいっている。そのついでに久米と会うのが効率的だ。

「承知しました。再来週の金曜日ということですね」

「午後一時頃にお宅に伺うというのはどうですか」

「結構です。それならもう少し訳を進められます」

受話器を置き、菜緒はシステム手帳に京都出張と記した。

まだどことなく怠《だる》い。今日はビタミン剤が効いてこないようだ。

6

七月初めの木曜日、営業部の柏木《かしわぎ》と一泊二日の予定で大阪、兵庫、京都の書店回りをする。そのついでに菜緒は、久米に会う予定だった。

柳生月影抄シリーズのポスターにはまだ不満があったけれど、辛うじて書影の扱いが大きくなったことで良しとするしかない。

午前七時台の新幹線に乗ったが、自由席は埋まっていた。仕方なく差額を払い指定席に座る。

「久米先生、復活するんすか」

席に着くと、三〇歳になったばかりの柏木がハリネズミのような短髪をさらに立てながら、眠そうな口調で訊いてきた。

菜緒が座席の背面テーブルを開き、今朝届いたばかりの久米の原稿を鞄《かばん》から取り出して置いたのが気になったのだろう。

「復活か。出版界何が起こるか分からないから」

「まだそんなレベルなんすね」

「いいえ、鉱脈次第ではいい線いくと思う。部長も同じ意見」

久米が露店で発見して菜緒が立て替えて購入した茶碗と、それに付いていた『茶碗継職人恋重荷』の書き付けの話をした。

「すでに元手を払ってるんすね。で、実際の鉱脈はどうだったんですか」

「とても解読できないんで、久米さんに訳してもらって確認してるのよ。もっとも、いままでのところは面白いわ」

原稿を手のひらで叩《たた》くと背面テーブルが揺れた。

「期待できるってことですね。今日の午後一時でしたっけ、久米先生に会われるの」

「うん。柏木くんが京都市内の書店を回ってる間、打ち合わせる。その後のことなんだけど京都駅に四時でいい？」

「はい。駅周辺の書店を回って、亀井《かめい》さんとの食事は六時から予約してますんで」

柏木は篤哉の原作を映像化する監督の名前を出した。

「分かった。スケジュールの話がメインだからそんなにかからないと思う」

「そんなに気にしないでください。こちらはただ亀井さんに潰《つぶ》されないように気をつけるだけっすから」

通路側の柏木はiPodのイヤフォンを耳にはめ目を閉じた。

ちょうど新幹線は品川を過ぎて新横浜に停車した。名古屋まで原稿に集中できるだろうと、テーブルの原稿を手に取る。


その茶碗を紫乃様から預かったのは、蒸し暑い日の暮六つ（午後六時頃）前でした。

謡の稽古《けいこ》は六日に一度、一緒に習うのは寺侍の十歳になる男の子とその母親だけです。母親の方は小鼓も教えてもらっていると言ってましたが、男児はただ母親に付いてくるという感じで謡などまったく興味もない様子。それでも紫乃様は根気よく、丁寧に三人三様の稽古をつけてくれます。初めは『鶴亀《つるかめ》』というもので、謡の節回しのすべてが含まれている練習にもってこいの入門曲だそうです。

けれど月宮殿《げつきゅうでん》とか蓬莱山《ほうらいさん》とか馴染《なじ》みのない言葉が難しく、戸惑いました。それでも褒《ほ》め上手な紫乃様に乗せられて、大声を出す恥ずかしさも取れ、普段出さない野太い声を出すのも気持ちのいいものだと思いました。

楽しい稽古が終わると、紫乃様が耳打ちなさいました。「帰りに仕事を頼みたいのです」骨董品の買い取りやその他修繕などは目立たないように申し受けるのが常ですから、返事などせず小さくうなずきました。

一旦《いったん》、帰るふりをして再び勝手口へ戻って佇んでおりました。少し間があって紫乃様の気配を感じ、小さく咳払《せきばら》いをすると木戸が開きました。

紫色の巾着《きんちゃく》袋を持った白い腕だけが伸びてきて、それを受け取るとさらさらっと木戸が滑るように閉じました。

手に持った感触で相当粉々になった焼き物だと分かりました。重さや嵩《かさ》から、香炉《こうろ》や甕《かめ》、花生けではなく、茶碗だと察しがつきます。ただ手触りから割れ方が尋常でない点にひっかかりを覚えました。

家に戻った私は、すぐに茶碗を継ごうと準備に入りました。行灯に火を入れ、破片が散逸しないように慎重に巾着を傾けて陶片を作業台に取り出します。絵付けと薄さから京焼であることは一目で分かります。

料理人が使うまな板程の大きさで檜《ひのき》づくりの作業台に、陶片が滑り落ちる乾いた音が、時折お骨がたてた音かのように悲しく聞こえることがあります。そんな心持ちになるときは決まって原形をとどめておらず、壊れ方に悪意を感じることが多いのです。うっかり落としたり、焼き物同士がぶつかって割れたのではここまで粉々にはならないと思えるからでした。

四畳半の部屋を照らすのは行灯の明かりだけで充分ですが、割れた陶片を拾い集めるのには手元が暗い。私は座卓の上にある小さな燭台《しょくだい》の蠟燭《ろうそく》にも火を点《つ》けました。揺れる光を近づけてみるとやはり壊れ方が激しく、他の金継ぎ職人なら音《ね》を上げている状態でした。私でも紫乃様の依頼でなかったらそのまま返していたでしょう。それほど骨が折れる代物だったのです。

何としても紫乃様の喜ぶ顔が見たいと、まずは元の茶碗がどのようなものだったのかを知るために、散り散りの欠片《かけら》を寄木細工の要領で合わせていきます。

復元してみてはじめて破片が足りているかどうかが見えてくるのですが、どうやら粉砕されてなくなっている部分があるようでした。

幸い茶碗の底、高台《こうだい》は辛うじて残っていたのでそこから見当がつけられます。根気よく組み立てていくしかなさそうでした。

半時ほどいろいろ試し、それとなく茶碗の全容が見えてきました。どうやら京焼、清水《きよみず》焼《やき》の桃形茶碗。白地が基本で薄い桜と茶色、それに緑色が認められましたから桜の木を描いたものだと分かりました。地には刷毛《はけ》で荒く擦《こす》ったような白の濃淡があり、動きというか面白みを加えてある。

粉砕されて欠けた部分があり、元のふっくらとした桃形に戻すにはまったく別の陶片を見繕う必要があります。

いっそ半分ほどを別の京焼茶碗と組み合わせてしまった方が、見た目も手触りもよくなると思いました。けれどそれでは新しい茶碗をお買い求められた方がよくなります。こんな状態のものを継いででもお手元に置きたいのには何か理由があるはず。それを自分に託してくれたのです。その期待を裏切るわけにはいきません。

組んでは崩し、崩してはまた組み直し元の茶碗へ戻そうとしました。ある程度、原形であろう形になった箇所を米糊《こめのり》で仮止めしていきます。後もう少しというところで接合面の曲面が合いません。見た目は合っているようでも、手にしっくりとこないのは、継ぐ場所が違っている証《あかし》です。たとえ無理やりはめ込んでも、本来合致する場所でなければ必ず齟《そ》齬《ご》をきたします。人の手は微妙な凹凸《おうとつ》を感じるもので、その感触が悪ければ、やっぱり継いだものだ、と一段低く見るでしょう。

もう一つ燭台を作業台に載せて、組みかけの茶碗に近づけよく照らしてみる。

夜が更けて、ようやく少し涼しい風が窓から吹き込み始め、陰影が大きく揺れました。白い輪郭がゆらめき、無残な亡骸《なきがら》に映ります。

さらに明かりに顔を近づけますと、顔だけが妙に熱くなり集中できなくなってきます。燭台を外し、一息入れることにしました。

刻み煙草《たばこ》と煙管《きせる》をいつも持ち歩く道具箱から取り出し、蠟燭で火を点けると吹かします。

私が唯一自慢できる持ち物といえばこの煙管です。八寸ほどの短めの煙管で煙草をつめる雁首《がんくび》は銀、羅宇《らう》は竹でできており呑口《のみくち》には鍍金《ときん》が施されています。金継ぎの親方が年季を終えるときに特別にあつらえてくれたものです。荒くれ者が持つような総真鍮《しんちゅう》製の煙管には品がない、職人らしい逸品だとお客様からの評判もよく、何より私自身が手に馴染む感覚が気に入っておりました。

今夜のように仕事に行き詰まると、手にしてはゆっくり煙草を吹かし、親方ならどうなさるのかと思いを巡らせると不思議と糸口が見えてくるのです。

しかし今夜は二、三服と手刻み煙草をくゆらせても、高台からいびつな花弁が作業台にだらしなく開き切って横たわるだけで全容が頭に浮かんできません。細かく割れて足りない部分が多すぎるのです。

これだけの欠損は、おそらく割れた破片が細かすぎてすべてを回収できなかったからでしょう。そこに何があったのか、無用な詮索《せんさく》はさらに精神を乱します。

また一服。私の腕を以《もっ》てすれば、多少強引でも欠損部分を補い、何の違和感も抱かせない自信はあります。しかし紫乃様の手に馴染みつつ上品さを保つことができるかが問題なのです。

紫乃様をがっかりさせたくない。

私は本格的に継ぐ決心をし、長屋の井戸へ向かい、桶《おけ》に水を張りました。そして家の土間に戻って、作業台にあった茶碗をそこへ放り込み、仮止めしていた米糊をざっと洗い流そうとして、うっかりその中に煙管を落としてしまったのです。せいては事を仕損ずる、と段取りを頭の中でもう一度整理しました。

生漆《きうるし》と小麦の粉を水で練り「麦漆」を作ります。これが接着剤で、欠損部は小さいところは砥《と》の粉と生漆を練った「錆《さび》」で補充、さらに大きい穴は「呼び継ぎ」用に保管しておいた様々な焼き物の破片の中から、白地のものを選んで欠損した部分に合致するように形作っては麦漆を充塡《じゅうてん》し、はみ出た部分を丁寧に竹べらでこそぎ落としていきます。

それらの材料を揃《そろ》えるのに一時《いっとき》（二時間）はかかったでしょう。そうしておいて、次は硯《すずり》で磨いて平らにした断面同士を接着し、どうにか復元しました。

雀《すずめ》たちが騒がしく鳴き、東の空が明るくなり始めた頃にはたこ糸で固定し終わりました。

漆が固まるのに、急激な乾燥はよくありません。暑くても七輪で湯を沸かし適度な湿気を与えてやるために本来はムロに入れておくのですが、ふっくらした形にできたという安《あん》堵《ど》感からでしょうか、突然眠気に襲われてしまったのです。

仮眠のつもりで身体《からだ》を畳に横たえると、知らないうちにぐっすり眠ってしまいました。

気がつけば、辺りがすっかり明るくなっているではないですか。

昼前に天秤棒《てんびんぼう》を担いで売りにくる豆腐屋の売り声が長屋から去っていくのが耳に入って

きて、時が経《た》ったのを知りました。

慌てて身体を起こし、作業台を確認します。糸に固定された茶碗に異常は見られません。接合部分から少しはみ出している麦漆を指でそっと触ってみたのですが、いつもと同じ感触でした。

適度な柔らかさを保ちながら、同時に接着に必要な乾燥も進んでいたのです。胸を撫《な》で下ろし、このまま半日ほど放置してから糸を切って確かめればいいと、壬生菜《みぶな》の漬け物をおかずに玄米飯をかき込んで仕事に出ました。

紫乃様にお目にかかれるのは五日後です。職人の心意気を見せられるような素晴らしい出来の茶碗を納めたときの紫乃様の笑顔を糧《かて》に、暑い京の町をへめぐりました。

寝不足にもかかわらず、贔屓《ひいき》の方から「精が出るね」とか「いつも元気やな」と声をかけられたところをみると、それほど疲れが顔に出ていなかったようです。どうやら紫乃様のことを考えるだけで元気が出るのだと思いました。

いくつかの品を納め、新たな注文を携えて家に戻った頃には酉《とり》の刻（午後六時頃）になっていました。

黄昏《たそがれ》時の薄暗い屋内、三和土《たたき》に道具箱を置くと真っ先に作業台へと近づき蠟燭に火を灯《とも》しました。

ゆっくり、ゆっくりと自分に言い聞かせながら、茶碗に掛けた糸を慎重に切り離していきます。

白っぽい茶碗に麦漆が稲妻のように走っています。作業台の上に怖々《こわごわ》載せると自立しました。安堵の息を漏らし、顔を近づけてよく見ようとやさしく両手で持ち上げたそのとき、妙な音がしたのです。

陶片と陶片が擦り合わさるようなざらついた音。次の瞬間、高台そのものが落下したのです。

慌てて茶碗を作業台に戻したのですがすでに遅く、大きな継ぎ目からバサリと崩れてしまいました。

継げなかったやなんて、そんな阿呆《あほ》な。

誰もいない四畳半の部屋で、誰にともなく声を発していました。信じられない気持ちで継げなかった断面の麦漆に鼻を近づけてみました。特に変わった匂《にお》いはしません。

今度は生漆が悪くなってしまったのかと漆壺《うるしつぼ》を開けて、中の匂いを嗅ぎました。しゃもじで掬《すく》って手触りも確かめましたが、変わりはありません。

なぜだ、どうして接着できないのだ。心でそう叫びながら陶片を指で触ると、力を失った麦漆がぽろぽろと落ちました。

こんなことは初めてです。見習いの頃、漆の練りが甘かったり、接合面を誤っていたり、生漆の管理が悪く変質させてしまったことが原因で、継げなかったことはありました。けれどそれはあくまで未熟さゆえの失敗で、親方のお墨付きを得てからは受けた仕事はきっちりこなしてきました。ましてや半日置いてこんな無残な姿になるなんて。ムロに入れなかったこと、あまりに早く乾燥させてしまったことが悪かったのかとも思いました。けれども断面の麦漆を指の腹ですり潰してみると、いつものようにわずかに粘り気が残っていて問題はないようです。蒸し暑さが極端な乾燥を防いでくれたに違いありません。

生漆、麦漆にも原因がないとすれば、継ぎ方に何か間違いがあったというのでしょうか。手順を思い返したのですが、思い当たるところはありません。

私は途方に暮れて、ただただ砕けるより無残な格好で置かれた茶碗を見つめることしかできませんでした。

腕を過信していたことがいけなかったのでしょう。職人として情けなく、嘘《うそ》をつくつもりも隠す気もなかったのですが、継げなかったことを紫乃様にはとても言えません。それどころか男の見栄は、ますます情況を悪くしていきます。

「もう少し時間をくださいまし」謡のお稽古日、例の母子がやってくる前にそう申しました。

「あれだけ壊れたんですもの。内心、さじを投げられたのかとおののいておりました。時間はかかっても継いでいただけるのですね」

「なんの、継ぐだけなら朝飯前なんです。けれどそれじゃ他の職人と変わりません」自分の口を手で押さえようとしましたが止まりません。

「やっぱり平助さんにご依頼してよかった。大切な品ゆえ、どうしても継いでほしいのです。どうぞよろしくお願い申し上げます」紫乃様は頭を下げました。

「よしてくださいまし、坊守様。手前は継ぐのが商売、仕事を頂戴《ちょうだい》してありがたいのはこちらの方です。頭を下げないといけないのは手前の方です」

「平助さん、期間はいくらかかっても結構です。急ぎませんので平助さんの思うように継いでください」潤んだような目を紫乃様が私に向けました。

「そうですか。そう言っていただけると腕が鳴ります」胸など叩く勢いで言ってしまったことを悔やみました。

7

「コーヒーでも飲みますか」

柏木がイヤホンを外し、まだ遠くにいるワゴンサービスの女性を見ていた。

「そうね。おごるわ」

菜緒はテーブルに置いていたコピー紙をクリップで挟んでバッグにしまった。

電光掲示板を見ると、豊橋駅を定刻通り通過したと表示されていた。

「ずいぶん夢中になってましたね。やっぱり面白かったんすか」

そう言いながら、柏木が身体を伸ばしワゴン販売の女性に手を振る。

「うーん、面白いんだけど、何か不思議な感覚だわ」

財布を用意した。

「どういうことです?」

「紫乃というお寺の奥さんに茶碗継ぎの平助さんが恋心を抱くのね」

菜緒は茶碗継ぎという仕事を説明した。

「エコっすね」

「ものを大事にしてたのね。ただ平助さんは単に継いで使えるようにするだけじゃない。産地の違う陶片をごちゃ混ぜにしてまた新たな器にするくらいの美的センスの持ち主のようなの」

「ますますエコじゃないですか」

「そうね。で、平助さんが恋した紫乃さんはどうやらDVの被害者なのね。たぶん紫乃さんはこの先亡くなってしまう」

「ヒロインが死んじゃうことが分かってるんですか」

「それはすでにプロローグ、この書き付けでは『開』で触れている。でね、紫乃さんから酷く割れたお茶碗を継ぐよう依頼されるんだけど、上手《うま》く継げないのよ」

「腕がいいんでしょう、その平助さん。それでもダメだったんすか」

「そう。その継ごうとしても継げない茶碗と紫乃さんの死は何か関係があるんだろうけどね。だって実際には茶碗はちゃんと継がれていたのよ」

「ああ、そうか。書き付けは継いだ茶碗の箱に入ってたんだから」

「不思議でしょう?」

ワゴンがすぐ前列までやってきた。多くの客がコーヒーを頼んだのだろう、車内は芳《こう》ばしい香りが漂っていた。

「それは伏線なんじゃないんすかね」

「伏線か。確かに続きが気になる書き方だわ」

「それって小説として、イケてるってことでしょう」

ようやく目の前まできたワゴン販売の女性に柏木はコーヒーを二つ頼み、受け取ると菜緒へ回す。彼はブラックでしか飲まないのにミルクとシュガーをもらって、それぞれのテーブルに置いた。

「そもそも江戸時代の人に、伏線なんていう考え方があったのかしら」

「持って生まれた才能だったりして。まあそれも含めて、久米先生に確かめればいいじゃないですか」

「そうね。ただ心配なのは久米さんがどこまで創作してくれるか」

蓋《ふた》を取ってミルクとシュガーを入れて混ぜた。冷房の効いた車内で飲むホットコーヒーが菜緒は好きだ。

「そのまま出しちゃうってことっすか。そりゃあダメでしょう」

「原案くらいの扱いならまだしも、ただの現代語訳なんてことになると大変よ」

著作権はないから剽窃《ひょうせつ》には当たらないが、久米の才能が枯渇したとネットでは叩かれるにちがいない。それでも話題になれば本は売れるだろうけれど、久米の作家生命は絶たれる可能性がある。

菜緒にもその責任の一端は背負わされるにちがいない。

「書き付け自体の出来が良すぎるのも、かえって心配の種になるってことっすね」

柏木は美味《おい》しそうにコーヒーを啜《すす》った。

「とにかく書き付けの全貌《ぜんぼう》を知ってから、それを久米さんがどう料理するかよ。まだ訳してもらってる段階だからね」

「訳してるうちに思いつくんじゃないですか。アイデアとか、プロットみたいなものが」

「そうあってほしい。今日はそれも確認しなくちゃ。ねえミルクとシュガー使わないんでしょう」

「貧乏性なんでついもらっちゃうんすよ。要ります？」

「うん。とびきり甘くしたい気分なんだな、今日は」菜緒は柏木からもらったミルクとシュガーを入れた。期待して飲んだのに、それほど甘みを感じなかった。

上梓《じょうし》までの大まかなスケジュールを考えようと、システム手帳を出した。

「主人が心待ちにしておりました。本日は遠いところを御足労いただき本当にありがとうございます」

菜緒が久米家を訪れると、玄関口に出てきた木綿子が深々と頭を下げた。

「こちらこそ度々お家《うち》まで御邪魔して。これつまらないものですが」

菜緒は東京駅で買った菓子を木綿子に手渡した。

木綿子は何度も礼を述べながら、前回と同じ客間に請じ入れた。

菜緒が正座すると、すぐに木綿子が冷えた緑茶を入れたガラス茶碗を座卓に置いた。

「暑かったんじゃないですか。どうぞ」

「ありがとうございます。頂きます」

冷たい緑茶が口中から喉《のど》へと流れ落ちるのが分かった。

「主人、すぐに参りますので」

白いブラウスの木綿子が身体をひねって立ち上がったとき、わずかに彼女の身体が揺れた。支えが必要なほどではなかったけれど、立ちくらみかめまいを起こしたのは分かった。

「低血圧で……すみません」

大丈夫かと、菜緒が問う前に木綿子は言った。

心配で隣の台所へ向かう様子を目で追う。まだ木綿子の歩き方がぎこちなかった。

別の襖《ふすま》が開いて、久米が姿を見せた。脇には分厚くかさばったクリアファイルを挟んでいる。

「家内、また何か粗相《そそう》をしましたか」

「いえ、立ちくらみされたようです」

「こう暑いと、血圧の低い者には応えるんでしょう。注意はしてるんですがね」

「私も低いんで分かります。突然目の前が真っ暗になるんです。気をつけてあげてください」

「ご心配掛けてすみません。で、続きを読んでくれましたか」

そう久米が尋ねたとき、再び木綿子が盆を手にして姿を見せた。顔色が見違えるほど良くなっていたので安心した。

久米用の湯呑《ゆの》みと菓子盆を持ってきた。菓子盆には菜緒が買ってきたサブレが載っている。

「お持たせで恐縮ですが」

木綿子は笑みを浮かべた。

化粧を直したのだろう、妙に口紅と頰紅《ほおべに》が目立つ。

「大丈夫そうですね」

「先ほどはお見苦しいところをお目にかけてしまって」

「京都は本当に暑いですから大事になさってください」

「ありがとうございます。ではごゆっくり」

と、三つ指を突いてお辞儀をすると木綿子は台所に下がった。

「気にしないでください。身体の弱いのは今に始まったことじゃないですから」

「はあ」

「それよりどうです、平助の記述もだいぶん具体的になってきたでしょう?」

久米は肥満したクリアファイルから紙の束を引き抜いた。

「算術とか謡が登場したのには驚きました」

「平助の文章が上手いのはそういった素養があったからでしょうね」

「筋道を立てて書いてる印象がありますものね。また実際に茶碗継ぎをする場面にもリアリティがあります」

「僕もその点は感心しています。算額っていうのが出てくるでしょう」

「あれは何ですか」

算学ではなく算額と表記されていたのが引っかかり、ネットで調べようと思っていたがうっかり忘れていた。

「あれも当時流行っていたらしい。日本独得の算術、和算のとくに幾何の問題を自分で作り、それを額や絵馬にして神社や仏閣に奉納する」

「いわば数学の図形問題を奉納した額ってことですか。どうしてそんなことが流行ったんですか」

「大方、好事家《こうずか》への挑戦ですよ。こんな問題を創案したが、あなたに解けるかって」

「挑まれた方はどうするんです?」

「解答を額にして奉納するんです」

「寺社が掲示板みたいですね」

「そう掲示板です。いまならネットを使うんでしょうけど、江戸時代は神聖なる寺社を使った。フェアプレー精神に則《のっと》ってね。それに多くの和算愛好家が刺激されたんでしょうね」

「なるほど」

「商家の旦那衆、番頭、職人にまで和算のブームが広がっていたことが、書き付けからも窺《うかが》えます」

「ただ筋は通っているんですが、ちょっとばかり心配なのは、いままで書かれたことが、今後の展開にどう結びつくかです」

　菜緒は柏木と話したように伏線が後に回収されるのか心配だと話した。

「どうかな、伏線なんてことは考えていないと思いますね」

「だとすると、実際は茶碗は継がれている訳ですし、物語として破綻《はたん》をきたしてしまうかもしれないんですか」

「その点は大丈夫です。もし書きっ放しで後に何も関連がなかったとしても、あくまで書き付けは僕の小説の材料に過ぎないんです。そこは僕の想像力でより面白くしていきますよ」

「その辺りも含めてスケジュールを打ち合わせたいんです。現代語への翻訳はこのまま続けられますね」

　菜緒はシステム手帳を開いた。そこには新幹線で考えたスケジュール、翻訳完了までを二週間、それに基づいてプロットづくり、執筆に入り、約二ヵ月で脱稿と書いてあった。それをそのまま久米に伝えた。

「脱稿後、どれくらいで刊行できます？」

「そのままゲラにできれば、あと校閲に見せて、最短でひと月半くらいですね」

「単行本ですか」

「申し遅れましたが文庫書き下ろしを考えています」

「中西さんみたいな方式ですね」

「ええ、そうです」

「書店での展開、圧巻ですよね。宣伝《せんでん》もあのように？」

久米は眼鏡《めがね》越しに鋭い視線を向けてきた。

「中西さんの場合はテレビドラマの影響が強くて。あんな風に派手なものにはならないと思っております」

いまの久米に、篤哉ほどの宣伝費はかけられない。大げさなツールを各書店に撒《ま》いて下手に煽《あお》るより、固定化した時代小説の読者層に届くようにしたかった。そうすればある程度の利益が見込める。

「そうですか。やっぱりドラマ化されないとダメなんですね」

ため息をつき手元の書類に視線を落とす。

「久米さん、映像化の宣伝効果や消費動向へのメリットは否定しません。でも今回の作品は、じっくり読んで、じわっと面白さが伝わるものになる気がします。ここまで平助さんの文章を読んできて私はそう思いました。だから一過性のヒットではなく息の長い、ロングセラーを目指しませんか」

「息の長い、か。そうですね、派手な立ち回りがあるわけじゃない。映像化に向かない小説になるでしょうから」

「ではこのスケジュールでよろしいですね」

菜緒は手帳をもう一度確認した。

「大丈夫だと思います」

「よろしくお願いします」

菜緒は久米の顔を見据えた。

8

金曜の午後九時、自宅に戻り子供部屋へ行こうとする菜緒を母が引き留めた。

リビングに移動すると、母が一樹が昨日も今日も学校を休んだのだと小声で言った。

「あんたには絶対に言わないでくれって、泣きべそかいたから連絡しなかったんだけど」

母は子供部屋を気にする。

昨日、菜緒が関西へ向かうのと入れ替わるように母がきてくれ、一樹を起こして朝食を食べさせた。そこまでは変わった様子はなかったが、学校へ行く時間になって、急に頭が痛いと言い出したという。

「そうなの、ずっとエアコンかけてて風邪《かぜ》でもひいたのかしら」

「私も風邪だろうと思って、本間《ほんま》先生とこへ連れて行こうとしたら、頭は痛くないって」

「何それ。嘘ついたの、あの子」

「どこで覚えたのか、うつ病だって言い出したのよ」

母はさらに声をひそめる。

「テレビの影響だわ。そう言っておけば、誰も何も言わないって知ってるのよ、ったく」

父親の姿を見ていたからだとは口が裂けても言いたくなかった。

「その通り、何も言えなかったわ」

「で、学校を休ませたんだ」

「仕方ないじゃない。本当に暗い目をしてるんだから」

「芝居じゃないの？」

「だとしても、小学生がそんなことするのは問題があるんじゃないの。やっぱり寂しいんだよイッちゃん」

母は手際よくアイスコーヒーを作って、菜緒の着いているリビングテーブルに置いてくれた。

「ありがとう。寂しいたって……」

仕方ない、という言葉を呑み込む。

「仕事、大変なのは分かるけど、もう少し一緒にいる時間を増やしてやれないの？」

母は向かいに座って麦茶を飲んだ。夜にカフェインの入った飲み物を口にすると眠れないそうだ。

「そうしてやりたいと思うけど……難しい年頃なのよ。話をしようとしても相変わらずゲームに夢中のようだし」

「やっぱりずっとやってるわね。私があげた参考書なんてそっちのけの感じ」

母がいる間、ほとんど部屋に閉じこもったままだったと言った。

「いまは何を言っても無駄よ」

「飽《あ》きるまで放《ほう》っておくしかないのかな」

「飽きさせないように作ってあるの。で、一つのソフトが終わると新しいのが出てきちゃうから。これじゃ本を読まなくなる。読書の方が面白いのにな」

「また仕事の話？」

「ごめん……」

「心配なのは友達とも遊ばないみたいだし、学校に行きたがらないこと。あなたはお芝居だというけど、本当のうつになったらどうするの。小学生のうつだなんて、酷すぎる」

母はいまにも泣きそうな顔をした。

同じマンションに右松尊《みぎまつたける》という同級生がいる。以前はよく一緒に遊んでいた。うちにも何度か訪れ、昼食を食べたこともある。春過ぎあたりから尊の話もでなくなっていたのを、菜緒も気になってはいた。

「とにかく一樹に、ただいまを言わせて」

「そうね、どうぞ」

気のない返事だ。

菜緒は一樹の部屋をノックした。

「はあ」

母より素っ気ない返事だった。

「入るね」

菜緒は部屋に入った。案の定ベッドに寝そべってゲームをしている。

「どうせ、お祖母《ばあ》ちゃんがチクったんだろ」

「心配してるのよ。病気じゃないかって」

「病気だよ。うつ病なんだ、俺」

「滅多なことを言わないの、本当に苦しんでいる人がいるんだから。病気の人はみんな必死で治そうとしているのよ」

強い口調で言った。

「だってゲーム以外、やる気にならないんだもん」

一樹はゲーム機から手を離さない。

「あっそう。そうやって夜も寝ないで遊んでたから学校に行けなくなったんだ。勝手にしなさい。今夜もずっと遊んでればいいわ」

そう吐き捨てて廊下へ出ると母が立っていた。

「あんな言い方」

こっちが説教されそうな雲行きだ。

「今日はもういい。明日、ちゃんと話をするから、シャワー浴びさせて。心配掛けてごめんね。お父さん、迎えにきてくれるんでしょう?」

「いまから電話するけど」

「じゃあお父さんがくるまでにすませちゃうから」

と菜緒はリビングに戻らずバスルームに向かった。

「やっぱり家に戻る気、ないの?」

母の声を背中で聞いたが、返事せず脱衣所のドアを閉める。

ことあるごとに母は、実家の千葉県松戸市に戻って一緒に暮らすことを持ちかける。しかしここは、会社へ徒歩数分で行ける場所だから買ったマンションだ。それは離婚を決めて引っ越す際の、これからの人生は誰に頼ることなく仕事に生きるという決意表明だった。

多少の意地はあるけれど、出戻りを恥だと思っているのではない。夫に殴られたとき、自分の全人格を否定された気がした。腕力に抗《あらが》えなかったという無力感とも違う、敗北感を味わった。生まれてきて、生きていることをないがしろにされたのは、菜緒本人だけじゃなく、自分を生んで育てた両親もだと感じた。いまも時折「ちっぽけな娘を大事にする両親は、さらにちっぽけな存在だ」と大笑いされる悪夢で目を覚ますことがある。実家に戻れば、もっと嘲笑《ちょうしょう》されるにちがいない。そんな夢は見たくない。いや、夢に恐れを抱くなんて馬鹿馬鹿しいではないか。

菜緒に自分らしく生きている実感をもたらしてくれるのは、仕事だ。会社で本作りに没頭することだ。一樹との暮らしも大切に思っているけれど、フィクションの世界に真剣に入り込める時間も愛《いと》おしい。

シャワーから出てパジャマに着替え、少ししてから父が母を迎えにきた。父は菜緒が痩《や》せたことを気遣ってくれ、途中で買ったエクレアを置いてすぐ、母を連れて帰って行った。母があれこれと言っていることを父は承知していて、何も言わないのだろう。そもそも父は定年後、趣味で時代小説を書こうとカルチャー講座を受けていることもあって、菜緒の助言をありがたく聞いていた。そこでは上下関係が逆転していることもあり、最近はよき理解者だ。小説を書く大変さと編集者の存在意義を認めてくれていた。

時計は午後一〇時過ぎを指している。

冷蔵庫の前に立ってから、ビールを飲むか、篤哉のゲラを仕上げてしまうかで迷った。

飲みながら校正をすればいいじゃない。

缶ビールを出し、いつもなら書斎がわりにしているベッドサイドテーブルで作業をするが、今夜は子供部屋の出入りが分かるリビングに筆記用具を持ち込んだ。

母は編集者という仕事にいい印象を持っていない。郁夫の変化に気づかなかったのも、家庭を顧みず仕事にのめり込んでいたからだと思っている。作家との打ち合わせや飲み食いの機会も多いし、入稿や刊行の時期ともなれば夜更かしもする。いまに健康を害するにちがいない、と文句を言った。

たぶん一樹が学校を休んだことも、菜緒が仕事にかまけて子供を見てないからだと、父に愚痴《ぐち》をこぼしているはずだ。

母は千葉県の菓子メーカーの事務員で父は同じ会社の商品開発部員、二人は職場結婚だった。会社では、玩具《おもちゃ》がメインの食玩《しょくがん》部門にいた父は常に童心に戻ることを要求され、母は現実的で事務処理能力の高さを求められていた。相反する方向性だから上手く行ったんだと父は言っている。

フィクションに生きがいを感じて、家庭を放置するなんて、母からすれば理解しようがないのだろう。たとえそうであっても、少しは菜緒の仕事を認めてほしい。

缶ビールを喉へ流し込んだ。昨夜もかなり飲んだのに、今夜も美味しいと感じる。そんなところもアルコールの嫌いな母にとって許せない部分なのかもしれない。

朝五時まで仕事をして、三時間ほど仮眠をとった。起きてから子供部屋を覗くと、一樹はぐっすり眠っていた。

一樹が眠っている間に会社に行って篤哉にファクスをする。八時半には戻って朝食の準備ができるだろう。

土曜で会社は閉まっている。裏口から入り一階の警備員室に部署と名前を告げて編集部のオフィスに行く。

電気を点けてエアコンのスイッチを入れる。誰もいないデスクの上に書籍や書類が積まれた光景が菜緒は好きだった。雑然とした中についさっきまで物語と格闘していた人間の残像を感じるからだ。まだ熱を帯びている気さえするのだ。

ファクス機能付きコピー機を立ち上げて、ゲラをセットする。篤哉の家のファクス番号を入力して、送信ボタンを押した。

紙のすれる音がして一枚目が機械に吸い込まれるのを確認し、自分のデスクのパソコンを立ち上げた。

篤哉の作品の書店向けポスターの訂正がメールに添付されていた。媒体や営業部に提出する前に見せて欲しいと頼んであったものだ。

二案あって、一つは菜緒の要望を聞き入れたもの、もう一方はさらに映画を意識したものになっていた。

まだ媒体部は菜緒の考えを分かってくれていない。それを知っただけでも先に見せてもらってよかった。

デザイナーにお礼のメールを返信しておいた。

久米からは訪問のお礼というタイトルのメールが届いていた。配信時刻は今朝の四時になっている。

〈風見菜緒様　お世話になっております。さて『茶碗継職人恋重荷』の続きを送りますので、急ぎお目通し頂きたく存じます。　久米拝〉

それだけのメールだった。急ぎという言葉が気になり添付ファイルを開く。

9

稽古《けいこ》の度、茶碗《ちゃわん》のことを訊《き》かれましたが、本当のことは言えませんでした。当然ながら日にちが経《た》てば経つほど紫乃様の期待が大きくなり、私の悩みは深くなっていきます。

その頃には謡《うたい》の『鶴亀《つるかめ》』を終えて『羽衣《はごろも》』の稽古に入ろうとしていました。節回しが難しくなった上に、茶碗の話題をできるだけ避けるために小鼓《こつづみ》を習う羽目になったのです。

お能は能管《のうかん》、小鼓、大鼓《おおつづみ》と、曲によっては太鼓《たいこ》を用いて拍子を付けます。謡の呼吸というものをお囃子《はやし》の入ったお能に近づけるために小鼓の調子を学ぶのは上達への近道なのだそうです。

「小鼓の左の房、調べ緒《お》を強く握ったり緩めたりすること、革の真ん中や縁といった叩《たた》く場所を変えること、それに叩き方に強弱を付けることなどで音に多彩な表情を出します。でも基本はたった五つの音色。それでお謡の深い言葉を生かしていくんです。わたくしはそこに惹《ひ》かれ小鼓をお師匠さんについて学びました」そんな紫乃様の話を聞いて、私もやってみたいと申し出ました。

私にとっては習うことが多ければ、紫乃様に会うことが増え、紫乃様にしてみれば教えることが多いほど茶碗に触れる割合が減るのでは、との浅知恵からです。

まずは独特の符丁を覚えるところから始まりました。

○は「ポ」、白丸に一本横棒を入れると「プ」、△は「タ」、小さな黒丸は「チ」、「ツ」はそのままツという記号で表されます。「ポ」は四指で強く、「プ」は人差し指だけで弱く叩くことを意味します。「タ」は調べ緒を握って薬指と中指とで強く、「チ」は調べ緒を握って薬指一本で弱く叩きます。「ツ」が特殊で、調べ緒を握り鼓の革口から手を放さず指先だけで触れるのです。音は出ていないのですがこれも音色なんです。

基本が八拍子、そこにいま言った「ポプタチッ」と「イヤー」などの掛け声の組み合わせが九十四もあって、それらを全て覚えることは私にはとてもできません。

しかし、算術の話もこの小鼓の符丁や稽古も私にとってはとても重要な意味を持つことになるのですから、人生は分からないものです。

分からない、と言えば稽古から長屋へ戻ろうとしたとき、藪中長吉《やぶなかちょうきち》という町代《ちょうだい》が小走りで近づいてきたのです。

町代は京都町奉行に所属する役人で、町組では怖い存在です。苗字《みょうじ》を授かり世襲制によって継がれていく役目で、長吉は三代目でした。町奉行の威を借りて威張り散らす評判のよくない男です。

「これは町代の藪中様。見回りですか」私は低姿勢で挨拶《あいさつ》をしました。

「平助、いま帰りやな」

「へえ」

「ほうか。お前さん羅国《らこく》ってお香を知ってるか」日が西に傾きながらも辺りはまだ明るく、長吉の妙に深刻な顔つきがはっきり見えます。

「香炉《こうろ》を継ぐことがございますので、名前くらいは存じております。その羅国がどうかいたしましたか」

「名前は、か。それはおかしいな」

「どういうことですか」

「匂いもよく知ってるはずや」さらにきつい目で睨《にら》んできました。

「いえ、本当に名前だけしか」

長吉はゆっくりと私の周りを回り出しました。

「いったい何のことですか」

「羅国いうのはいろいろな香木を調合したもんらしいな。鼻の利くやつ、そうや香道をやってるような者には、なにがどれくらい混ぜてあるか分かるんやて」

「ですから、それが儂《わし》とどういう関係があるんでしょうか」

「当節の茶碗継ぎ職人は、おなごみたいに匂袋《においぶくろ》を持ってるんか」

「おっしゃってる意味が分かりません。匂袋などとんでもございません」因縁《いんねん》をつけられているとは分かりました。けれども、けっして怒らせてはならない相手ですから丁寧な言葉を心がけました。

「寺町三条の焼き物屋に、お前さんが寄せた珍品を納めたな」

「店主からの注文です。儂のようなものがこしらえた茶碗を気に入ってくださるお客様がいらっしゃるとのことで」それは有田、伊万里、清水と産地の違う茶碗の破片を寄せ集めて金継ぎした変わり種でした。店主の酔狂で試しに店頭に並べると、たいそう気に入って買って帰った方がおられたそうで、新しいものができたら持っておいでと言われていたのでした。

「萬佐久屋《まんさくや》の作衛門《さくえもん》は香道の方もちょっとしたもんらしい。作衛門がお前から香る匂いを羅国だと言うてる」

私は自分の着物の袖口《そでぐち》に鼻をつけて匂いを嗅《か》いでみたのですが、焼き物片の匂いしかしません。

「まだ分からへんのか」

「へえ、かいもく」

「三日前にうちに投げ文があってな。奉行様からのお触れ書きで町代の役目も忙しゅうなってるのに、ほんま迷惑な話や。ちょっと待て、日のある間に読んだるさかい」

懐からしわくちゃの和紙を出すと長吉は読み始めました。

「あるおなごの匂袋、その香は羅国と申します。羅国といえどもそれぞれの配合によって特徴があり、一つとして同じものなし。茶碗継ぎを生業《なりわい》とする者が、この香を有す。これ不思議のことなり。この職人の出入りする寺の坊守《ぼうもり》の所持したる匂袋もこの羅国とおぼしき香なり。もしや坊守の不義密通なりや。職人の立ち寄りたる場所を探索されたし。ことに香道をたしなむ者の言、たのもし」

長吉が読み上げる間、何度も着物の匂いを確かめました。すると胸懐の謡本からお線香の香りがするではないですか。これが羅国ならば、鼻の利く作衛門様が気づくのも無理のないこと。

それにしても、この匂いだけで不義密通などと恐ろしい疑いを掛けられるとは思ってもみませんでした。早々に誤解を解かないと打ち首、三条河原のさらし首になりかねないと思い、私は慌てて謡本を取り出したのです。「藪中様、まったくの誤解でございます。儂は坊守様に謡を習っています。これ、これでございます」

「謡やて？　職人のお前が。この謡本がなんやというんや」

「坊守様の謡本です。うちに帰ってもお稽古できるようにと借りたものでございます。匂いはその謡本からしたのでございましょう。移り香などとんでもない誤解です」近所に聞こえないように気遣いながら、それでも長吉にしっかり伝わるような強い調子で言いました。

長吉は謡本を嗅ぎ回して、「線香みたいな匂いやな」と訝《いぶか》しげな目で私を見るのです。

「その香りが匂袋だと思われたにちがいありません」

「もう少し上手《うま》い嘘《うそ》をつくんやな。こんなもんで、はいそうですかと引き下がってたら、お奉行から仰《おお》せつかってる町代の役目は務まらへんのや」

「嘘ではありません。この匂いです、作衛門さんが嗅ぎ取られたのは」必死で訴えました。

「夜中まで火が消えないとも聞いている。昼間、仕事をせずに密夫《まおとこ》の罪を犯していたんとちゃうんか」

「違いますす、そんなことあり得ません。お願いです信じてください、藪中様。そんな人間でないことは町年寄の八百屋の勘助《かんすけ》さんに訊いてみてください」町内の些末《さまつ》なことを取り仕切る役目を西町奉行所から仰せつかっている勘助とは、親しいというのでもないですが、大皿や茶碗などを幾度かただで継いでやった仲です。そのときも、私の仕事が丁寧で人柄が出るものだと褒めてくれました。

「そうか、町年寄の勘助が、な。この和紙をよう見てみい。所々に染みがあるやろ」

長吉は暮れなずむ夕陽《ゆうひ》に辛うじて見える皺《しわ》だらけの和紙をかざします。長吉の言う通り様々な色の汚れが見て取れました。

「思うに、これは八百屋が野菜を入れる笊《ざる》の底に敷いたもんやな」

「な、なんとおっしゃいました」

「笊に載せた壬生菜《みぶな》、堀川牛蒡《ほりかわごぼう》、九条葱《くじょうねぎ》、見たことないのんか」

「それじゃ勘助さんが」

「詮索《せんさく》は無用や。とにかくこの謡本から漂う匂いが羅国かどうか、作衛門に確かめる。それで羅国ならばお前の言うことも一部信じてやる」

「坊守様の匂袋が羅国なら、その謡本にも同じ匂いがついているはずです。すぐに疑いは晴れます」

「さあそれはどうかな。はっきりするまで町内から一歩も出てはならん。いいな」捨て台《ぜりふ》詞に聞こえました。

本当に八百屋の勘助が、投げ文をしたのでしょうか。そんなことを考えるだけで、心《しん》の臓《ぞう》のあたりが苦しくなってきました。町内といっても、長屋の門口からわずか三軒目という近い場所にある「八百勘《やおかん》」。目と鼻の先に暮らしていて、投げ文をする前に言葉をかけてくれれば、その場で紫乃様とは何もないことを分かってもらえたはずです。よりにもよって悪名高き長吉などに密告するなんて、あまりにつれない仕打ちではありませんか。寂しくて泣けてきました。幸いすっかり暮れた暗闇《くらやみ》に紛《まぎ》れ、泣いている姿だけは誰にも見られずうちに戻りました。

行灯《あんどん》に火を入れると畳に身を投げ出し、大の字になりました。

いったい私が何をしたというのでしょうか。だいたい匂袋の香りなんて誰が気にしますか。それに勘助が羅国などというお香を知っていることもおかしな話です。

そんなことを考えているうちに、天井の染みや黒ずみが不気味な髑髏《しゃれこうべ》に見え、私を責めているように思えてきました。そんな風に思うのは、紫乃様に抱いた罰当たりな感情への後ろ暗さのせいでしょう。

もしかすると紫乃様と親しくしていることに悋気《りんき》を起こした人間の姦計《かんけい》かもしれない。そうなると長吉も勘助も、作衛門様までが敵ではないかと思えてきて、このままだと私は密夫、紫乃様が姦婦にされてしまう、とぞっとしてきました。

そんな馬鹿なことがあるはずない。声に出して言ってみたのですが、見たことのない斬《ざん》首《しゅ》刑の場面が浮かび、相変わらず蒸し暑いにもかかわらず、ますます背筋が寒くなるばかりです。

自分が首を切られることは恐ろしいですが、紫乃様の身を案じると胃の腑《ふ》が針でも刺したように痛み出しました。

どうすればいいのでしょうか。

身体《からだ》を起こし、見るともなしに継ぎかけで傾きながらも辛うじて立っている茶碗に目が行きました。大きく欠落した部分に他の京焼の破片を継ぎ足し補充したところはしっかりと接着しています。それは麦漆《むぎうるし》が利いている証拠でした。やはり生漆《きうるし》は死んでなかったのです。

切羽詰まった状態のときなのに、茶碗が気になります。継ぎ方を考えるとなぜか気持ちも落ち着きました。根っからの茶碗継ぎ職人なのです。

ただ真面目《まじめ》一本で生きてきた、しがない職人が、無実の罪で死罪になるとはあまりに惨《むご》いではありませんか。こみ上げる悔しさをかき消すように作業台に向かいます。

もう一度、茶碗の継ぎ目をはがして水につけ、きれいに洗浄しました。そしてもう一度麦漆を練り夜を徹して継ぎ上げました。

ムロに入れてあとは乾燥させるだけです。どうせ町内からは出られないのですから、ずっと茶碗と向き合えます。

六つ半頃（午前七時頃）でした、板戸を叩き私の名を呼ぶ声がしたのは。こんなに朝早く人がくることはなく、いったい誰がと息をひそめて耳をすましました。聞き覚えのない男児の声のようでした。

原稿はそこまでだった。菜緒はとっくに送信を終えているコピー機に目をやる。久米の原稿をプリントアウトして、篤哉のゲラと一緒にバッグにしまう。

一樹の朝ご飯を作るために小走りでマンションへ帰った。一樹はまだ寝ている。レタスサラダとハムエッグを作り、パンをオーブントースターに放《ほう》り込むと、一樹の部屋をノックする。

「まだ寝てるの」

「起きてる」

眠そうな声だ。

「朝ご飯、食べよう」

「後で」

「ダメよ。話があるでしょう。ちゃんと言いたいことを言いなさい」

菜緒はドアを開けて部屋に入った。ベッドに寝たまま、ゲーム機を握っている。

「まさか夜通しやってたんじゃないでしょうね」

「そんなことしない。さっき起きて暇だから」

「暇なら、いまご飯食べるのっ」

タオルケットをはがした。

「自分だってずっと起きてたくせに」

一樹はふくれっ面で、身体を起こした。

「またパジャマに着替えてない。ちゃんと着替えないとダメだって言ってるでしょう。早く顔を洗ってらっしゃい」

テーブルには着いてくれたが、何もしゃべらない。

「イッちゃんはどうしたいの？　これからも学校行かないつもり？」

朝食を食べ終わり、一樹にはグレープフルーツを切り、自分にはもう一杯インスタントコーヒーを入れながら言った。

「さあ」

「学校で嫌なことがあった？　いじめとか」

「ない」

「勉強が嫌になった？」

「そうでもない」

一樹は菜緒の目を見ない。

「イッちゃんが学校に行きたくないと思う理由を教えて欲しいんだけど」

「なんとなく。だから理由なんてない」

「じゃあお医者さんに行きましょ」

「それは嫌だ」

「そんな我儘《わがまま》が通ると思ってるの」

「何を言ってもそれだ。たとえ話したって無駄じゃないか」

「単なる我が儘じゃないって、言いたいのね」

一樹は当たり前だという顔をした。

「やっぱり病院。診《み》てもらえばうつ病かどうかも分かるし、適切な治療だって行える。母さんは決めました」

口を結んで目を閉じ、有無も言わせない態度をとった。

「そんな、勝手に決めちゃわないでよ」

「うつ病だって言ったの、イッちゃんの方よ」

「それは……僕にも分からないんだ。何もやる気が起きないし、学校も面白くない。一昨日《おととい》も朝ご飯を食べてから急に嫌になったんだ」

一樹はそんな症状がうつ病の始まりだ、とテレビで視《み》たことがあるのだと言った。子供らしい顔つきに戻っていた。

「寝不足じゃない？」

菜緒は寝不足によって脳の疲れが取れないことがあると、ビタミン剤を買った薬店の薬剤師から聞いた話をした。

「脳が疲れてると急に何もかも楽しくなくなるの？　前は学校で友達とサッカーしてても楽しかったし、好きな算数と理科の勉強は面白いって思えたんだよ」

「疲れが溜《た》まってる状態かもね」

「お母さんも同じじゃん。でも仕事やってる」

「仕事は別よ。いくらやる気がなくなったってやらないと」

「お金のため？」

「それもあるけど、他の人に迷惑かけたくないから」

「僕には楽しそうに見える、お母さんが」

菜緒は言葉を失った。そう言ったときに一樹の目に険しさを感じたからだ。菜緒が仕事に没頭することを、一樹は嫌がっているのかもしれない。

「明日、どこかに出かけない？」

「忙しいんだから、無理しなくてもいいよ」

「無理なんかしてない。国立科学博物館、イッちゃん好きでしょう？　もう一回行きたいって前に言ってたじゃない」

一樹は幼いときから化石や鉱物に興味を抱いていた。菜緒は文系だけど、一樹は理系だと感じている。

「ほんとにいいの」

と、一樹の口元がほころぶのを見て、菜緒もすっと肩の力が抜けた。

「決まりね」

「僕、明日早起きする。だってあそこ見るものいっぱいで時間が足りなくなるから」

「今夜はゲームを控えてよ」

「早く寝るよ。お祖母《ばあ》ちゃんがくれた参考書を読めば、あっという間に寝られるんだ」

「お願いだから、お祖母ちゃんの前では言わないでね」

菜緒は笑って、冷えたコーヒーを飲んだ。美味《おい》しいはずはないのに、なぜか不味《まず》くはなかった。

いつも通りがさつにグレープフルーツにスプーンを突き立てる一樹を見て、やっぱり寂しがらせていたのかもしれない、と思った。

昼食前に再度原稿を読み直し久米に電話をかけた。本来ならよほどの急用でもないかぎり土日に作家へ連絡することはなかったけれど、メールに「急ぎお目通し頂きたく」とあったことが気になった。

「ありがたい、もう読んでくれたんですね」

「ええ。急ぎ、と書いてありましたので二度拝読しました」

「じゃあ平助が大変なことに巻き込まれつつあるのが分かるでしょう。しかもあらぬ嫌疑です。だいたい町代というものの存在は知られていますけれど、実務に関しては様々な説があってよく分かっていません。それに町年寄なんて現代でいうところの自治会長ですよ。それが平助を追い詰めるやなんて……これ程の記述は茶碗の書き付けというレベルを超えてます。江戸時代の京都で起こった事件の生々しい顛末《てんまつ》を綴《つづ》ったレポートというべきだ」

　久米は興奮しているのか、声も大きく早口だ。

「事件、そうですね。ある意味事件かもしれません。このままだと平助は死罪、紫乃さんもただでは済まないんですもの」

「まあ、それも事件ではあります」

「他にも事件が起こるんですか」

　久米の言い方に含みを感じた菜緒は尋ねた。

「実は、この先文字がいっそう乱れてましてね。それでも判別できる文字をざっと追ってみたんです。するとさらに恐ろしい事件に発展しているようなんです」

「平助たちが死罪になることよりも、恐ろしいってことですか」

「殺人事件です」

「殺人って誰が誰を?」

「よく読み込まないとはっきりしないんです。いろいろ史料を調べながらでないと。登場人物の職業、例えば町代は奉行所から給料をもらってますけど、町年寄は町内をまとめるボランティアで、別に生業を持っている。そんなことも関係性を明らかにするのに重要だと思うんです」

慎重に訳したいから時間が欲しいと久米は言った。

「スケジュールの変更……ですか」

手帳を引き寄せた。

「いや、そこまでは」

「それなら構いません。それにしても殺人事件だなんて、驚きです」

時代劇にミステリー的要素を加味する作品で復活をアピールするという当初の目論《もくろ》みにぴったりの資料だ。

「これを生かさない手はない。どうやら鉱脈だと感じた僕の勘もまんざらじゃない」

「久米さんの作品に賭《か》ける熱意の賜物《たまもの》です。資料探しが実を結んだんだと思います」

「僕も興奮してますよ」

久米はもう一度、現代語訳に時間がかかることを詫《わ》び、それでもこまめに連絡することを約束して電話を切った。

10

　それから二週間以上が過ぎて、スケジュールが気になった菜緒は久米に連絡を取ってみた。

「進捗《しんちょく》状況はいかがでしょうか」

「申し訳ありません。鋭意、取り組んでます」

「少しずつでも結構ですので現代語訳の原稿を見せていただけないですか」

「まあ、少しずつならなんとか」

　暗い声だった。

「何か問題でもあったのですか」

「何もない。問題なんてありません」

　と久米は即答した。

「この間、殺人事件とおっしゃったんで、その後の平助と紫乃のことが気になってます」

「確かに殺人事件が起こりました」

「大変なことじゃないですか。私にも教えてください」

「もう少しだけ待ってください」

「何かお手伝いできることがあれば、遠慮なく言ってください」

「ありがとうございます。でもいまのところは何もありません。僕がぐずぐずしてるのが悪いんです」

「いえ、こちらもご連絡せずにすみませんでした」

連絡ができなかったのは、一樹が学校に行かなくなったからだ。

学校で何かあったのか、と担任を訪ねた。

担任はクラスでいじめなどの問題があった認識はないという。ところが友達の右松尊に心当たりがないか訊《き》くと、菜緒にとって衝撃の答えが返ってきた。

「僕がクラスの女子と言い合いになって、その子が泣いた。そうしたら、一樹が急に椅子《いす》を担ぎ上げて床に叩きつけ、うるさいって怒鳴ったことがあって、そのときの一樹が恐《こわ》かったから、そこにいた子はみんな一樹とはあんまり話さなくなった」

それを聞いた時、菜緒は心的外傷後ストレス障害という言葉を頭に思い浮かべてしまった。まだ母親に暴力を振るう凶悪な父の幻影は消えていなかった。

言い争う男女、泣き出す女の情景が、夫が菜緒を殴った光景とシンクロして一樹の記憶を呼び覚ましたのかもしれない。

そして夫の郁夫と同じように怒鳴った。強く意識するがゆえに、人は最も嫌いなものに似ていくと何かの本で読んだことがある。一度植え付けられた暴力の種が何年もかかって、その日、発芽したのではないか。

もしそうなら絶対に今のうちに摘み取らなければならない。まだ自分の体力が、一樹を上回っているうちに行動を起こさないとだめだ。郁夫と同じような人間になってしまってからでは遅い。

菜緒は三日間の有給休暇をとって一樹の側《そば》についていた。けれど改善せず、仕事の合間を縫っていくつかの病院巡りをした。

結局、ある心療内科で、過去のトラウマのフラッシュバックとゲームによる昼夜逆転で自律神経の失調をきたした可能性があると診断された。一〇歳という年齢を考え、投薬による治療ではなく生活のリズムを元に戻す方法をとることになったのだ。診断書を携えて学校に行き、もうすぐ夏休みに入ることを利用して自宅療養する旨を担任に申し出た。

留年が心配なので夏休み明けには登校させると言ったところ、六〇日以上の欠席で留年措置を検討することになっているが、それはあくまで原則でいまはほとんど留年にはならないから、無理せず医師と相談しながら加療してください、と担任が理解を示してくれた。

だが働く女性が、家にいる子供に規則正しい生活を送らせるのも、口で言うほど簡単なことではなかった。三度の食事は一緒に摂《と》り、昼間の太陽に当たらせるために外に出て軽い運動をさせ、九時には就寝させる。そのために菜緒は会社と自宅とを日に何度も往復しなければならなかった。

自宅療養して一〇日が経つが、未《いま》だに一樹は菜緒が引っ張り出さない限り、トイレ以外は自室から出てこようとしない。

「風見さん、どうかしたんですか」

久米の呼びかけで我に返り、

「いえ、いい作品を期待していますのでよろしくお願いします」

と繕った。

そんな久米とのやり取りから、半月経っても原稿はおろか連絡もこなかった。

久米に電話で確かめると「もう少しだけ待ってください」の一点張りだった。前回久米に会ってから、すでに一ヵ月以上を費やしている。上梓《じょうし》までのスケジュールを思うと、さすがに心配になってきた。

菜緒が玉木に現状報告すると、

「本人がやる気になってたんじゃなかったの」

玉木の顔は曇った。

「ええ、それはもう。電話口でも興奮気味に話してました」

「おかしいな。書き付けに何か不備でも見つかったのかな」

「それでも、あくまで小説の資料ですし」

「そりゃそうだ、そのままを出版する訳じゃないから」

「その点についても久米さんはちゃんと認識してます」

「じゃあトーンダウンしたのは何だろう。体調でも崩してるんじゃないか」

「そういえば、声に元気がなかったかも」

「確かめた方がいいけど……」

玉木が一樹のことを気遣っているのが分かった。

「日帰りなら何とか」

久米の様子を確認して、尻を叩くだけならそれほど時間はかからないだろう。

「そう。じゃあ頼む。せっかくいい線いってるんだ」

「分かりました」

「柳生月影抄シリーズなんだけど、新作の評判がいいね」

玉木は一週間前に店頭に並んだ篤哉の新作に話題を変えた。内容のマンネリ化を懸念する声がネット上であがっている件に、菜緒は少しマンネリくらいがいいと主張し、玉木もそれに賛同した。

「時代劇の安心感って必要だからね。ただ毎回、一ヵ所か二ヵ所いい意味で読者の予想を裏切れば、そこが際立つ」

「中西さんもそこはツボを押さえてますし」

「柏木から併売も上手くいってるって聞いたよ」

「いまは大手書店は夏の文庫フェアの大展開中です。本来なら端に追いやられているうちの文庫ですが、他社のシリーズものとの併売で、店頭平積みの展開をしてくれている書店もあるんです」

菜緒はついさっき柏木からもらった、いくつかの書店の展開写真を玉木に見せた。

「ありがたいね」

写真を見ながら玉木はしみじみした声で言った。

「ええ。相乗効果でまだまだ部数を伸ばせると思ってます」

「ポスターも目立ってる」

「俳優が目立ちすぎですけど」

菜緒はここぞとばかり、自分の書影や帯への思いをぶつけた。


次の日の朝、また母に頼み込んで一樹の面倒をみてもらうことになった。菜緒にはいろいろ言うけれど孫は可愛《かわい》いのだろう、案外嬉《うれ》しそうにきてくれた。

「気を遣わないで、いつも通りでいいからね。お母さんは……いま何に嵌《は》まってるんだったっけ？」

母は老後の趣味を見つけようといろいろなものに手を出していた。編み物、切り絵、数独、陶芸とやり始めては長続きしない。

「いまはこれ」

母がバッグから取り出したのは篤哉の『柳生月影抄』シリーズ第一弾『柳生月影抄・柔らかな剣』だった。

「えっうそ。時代小説、読んでくれてるの」

「まだ一章だけよ。お父さんの書棚から失敬しちゃった」

「借りたんでしょう。でもお母さん時代小説、嫌いだったんじゃない」

「あんたがそんなに一所懸命になるんだから、何か魅力があるんだろうって思ったのよ」

「ちょっとは興味を持ってくれたんだ」

編集の仕事を分かってもらおうとは思わないけれど、素直に嬉しかった。

「お父さんもあんたと同じように喜んじゃって。私だって時代小説くらい読みますよ。だって万が一お父さんが新人賞でいいところまで行ったら、私も知らん顔できないじゃない？」

「可能性はゼロじゃないからね。まあでも一人でも読者が増えるってことはありがたい。出版社として厚く御礼申し上げます」

とお辞儀して、菜緒は吹き出してしまった。

「菜緒ったら馬鹿ね、新たに買ったわけじゃないのに」

母も微笑《ほほえ》みながら続けた。

「時間、いいの？　遅れるわよ。で、何時に戻るの？」

「京都を五時くらいには出発したいから九時前には。だからそれまで一樹のことよろしくね」

「分かった、分かった。じゃ、お父さんには九時過ぎに迎えにきてもらうよう言うわ」

「一樹は起こさないで行くわ。行ってきます」

このところの母は、一樹に甘すぎるくらいだった。急《せ》かしたり、強要してはいけない一樹の病状を考えれば、いまはむしろそれでいいと思っている。あくまでお祖母ちゃんはお祖母ちゃんで、母親ではないことくらい一樹も分かっているはずだ。

新幹線の席に着くと菜緒は知らないうちに微睡《まどろ》んでいたようだ。気づくと新幹線は名古屋駅に停車するために徐行していた。

移動中に、これほど長時間眠ることは、いままでなかった。

四〇歳まであと三年――。

元至誠出版の先輩で、いまはフリー編集者になっている加地美千香《かちみちか》は、女は四〇歳からだと言うのが口癖だった。二〇代をピークに徐々に体力も気力も衰えていくが、三九歳を過ぎたとたん地の底からパワーがみなぎってくるのだそうだ。そう言って彼女は昨年四〇歳でフリーとなった。独身だから仕事だけじゃなく遊びの方にも精を出しているようだ。

美千香は大学で民俗学を教えている加地清志《きよし》の一人娘で、彼の遊び心から「かちみちか」と回文の名前をつけられた。そのせいで学生時代はからかわれたそうだけれど、就職してからは覚えやすさを売りにできたと感謝しているそうだ。

思い出すと、酔えば必ず自分のことを若い頃の山本陽子に激似だと主張して笑う美千香に会いたくなった。彼女は歴史ムック本の編集に携わっている。互いに忙しく、正月以来顔を合わせていない。

一樹のこと、相談してみようか。一樹も美千香にはなついているし、本音を吐き出せるかもしれない。

11

午前一一時前、京都駅に降り立った。午前中とは思えない強い熱気に菜緒はたじろぎながら、駅に隣接するホテルへ入った。化粧室で化粧を直すためだ。

タクシー乗り場へ向かう途中、ホテル内の土産物屋で見かけた扇子を買って、ハンドバッグに忍ばせた。

タクシーに乗る前に久米へ連絡する。突然の方が現状を知ることができると思ったからだ。

他の用事で京都にきたのだが、会えないですか、と告げると、久米はかなり驚いたようだ。少し間があって、では自宅でということになった。

タクシーを飛ばして一五分ほどで久米の自宅前に着いた。すると門扉の外に木綿子が立っていた。薄い水色のワンピースに白いレースのカーディガンが似合っている。

「奥さん、わざわざ待っていてくださったんですか。突然、すみません」

菜緒は駆け寄る。

「いえ、こちらこそ申し訳ありません。このところ主人は考え込むことが増えまして、暗く沈んでいたかと思うと、急に思い立ったように行き先も告げず外出したりと原稿がはかどらないようです。風見さんにはご迷惑をおかけしておりますが、温かく見守ってやっていただきたいんです」

木綿子は玄関をチラチラと窺《うかが》いながら、身体を折り曲げた。どうやら彼女は、菜緒が原稿の催促にきたと察知し、夫に代わって謝ろうと猛暑の中、外で待っていたようだ。

「他の用事で関西に参り、ご挨拶に伺っただけですので。ただ原稿の間隔が空いたので体調でも崩されたのではと編集部で心配しておりました」

「健康面は高血圧とか腰痛とか、いろいろ抱えておりますが問題ないと思います。今回のお仕事にはかなり入れ込んでまして、精神的なプレッシャーを感じているようです」

「そうですか」

「こんなところで、すみません。どうぞ中へ」

通された居間には、窓にすだれが下ろされ、その隙間《すきま》から揺れる風鈴が見えていた。風通しはいいけれど、涼しくはない。

木綿子のカーディガンを見て冷房の効いた屋内を想像していただけに、一段と暑さを感じるのだろう。額に滲《にじ》んだ汗をハンカチで拭《ぬぐ》い、扇子を広げた。

「午前中は冷房を入れてないんで、暑いですね。ちょっと待ってください」

氷の入ったグリーンティーを運んできた木綿子が座卓の上にお盆ごと置くと、すだれを巻き上げ窓を閉めてエアコンのスイッチを押した。

室温は下がり、菜緒の汗もひく。

菜緒は礼を言ってグリーンティーに口をつけた。茶の風味と甘さで疲れがとれる気がした。

それからまもなく久米が現れた。

ぼさぼさの髪で、頬《ほお》から顎《あご》までの無精髭《ぶしようひげ》が夥《おびただ》しく、繁茂しているといった感じだ。顔色が悪く見えるのは、無精髭のせいばかりでもなさそうだった。痩《や》せたのか眼鏡《めがね》の奥の目の凹《くぼ》みが目立つ。

「風見さんには申し訳なく思ってます」

久米は座布団に尻を下ろしながら言った。

「さっきも奥さんに言いましたが、たまたま近くまできたというだけですから」

「いやね、あれから調べに歩くことが多くて手間取ってしまったんです」

殺人事件だと言ったこともあって、今まで以上に慎重な訳をしなければ、と思ったのだと久米は付け加えた。

「江戸時代の京都、そこで暮らす庶民に殺人事件だなんて、なんだか信じられないです、私も」

「拾い読みで、軽々しく殺人だと口走ってしまったこと、反省してます」

久米が眼鏡をとって鼻の根元を指でつまみ、痛いのか顔をしかめた。

「えっ、反省ってどういうことです？」

「結論から申し上げます。僕もまだ確信が持ててない。平助の推測からすれば、書き付け内で起こったことは立派な殺人事件です」

「推測、ですか」

「言い換えれば、記述者としての言なんです」

「平助さんが信用できないとおっしゃるんですか」

「いえ、そういうわけではありません。記述者を信じないと始まりませんからね。ただ、平助には茶碗にまつわる話よりも、一連の事件を書き残したいという意図があったのではないか。そう思わせる箇所がいくつか出てきたんです」

「あの金継ぎ茶碗にまつわる話、茶碗の謂《い》われ以外に、もっと伝えたかったことがあるというんですか」

「そうです。でなければ、そもそもこれほど長い文章を付ける必要はなかったのではと考えてしまう」

「その点は初めから疑問でした。平助さんは、書き付けの形を借りて実は事件のことを書き残しておきたかった」

菜緒の質問を久米は咀嚼《そしやく》するように何度もうなずきながら、

「江戸時代はまだまだ人間の心も純粋でした。むろん悪党もいたでしょうが、それをはるかに上回る善人もいたはず。その多くの善人たちは霊や魂の存在を信じ、神や仏への信仰を持っていたと思うんです。つまり、見えないものへの畏怖《いふ》の念があった」

と言った。

「それは書き付けのプロローグ、『開』の部分を読めば何となく伝わってきますね。真面目だなって印象をもちました」

「平助は真面目で素直だ。悪行《あくぎよう》は悪業《あくごう》を積み、それは未来永劫《えいごう》消えることはないと信じている。それを滅する方法は、改悛《かいしゅん》の情を示すしかないと思い込んでいたのではないかな」

「だから、より詳しく書き込んだ」

少々芝居がかった記述も懺悔《ざんげ》の気持ちからなら分かる。単なる言い訳だととられないように、物事の因果関係をはっきりさせようとしていたのかもしれない。

「そうなると、書かれた事柄に嘘はないと見るべきだ。懺悔で偽《いつわ》りを述べれば、それこそ罰当たりでしょう？」

久米は一拍おいて続けた。

「あくまで出来事、事件はね」

「事件そのものは事実……それなら特に問題はないんじゃ？」

久米の言いたいことが菜緒には見えてこなかった。それこそ原稿が遅れていることへの弁解のようにも聞こえる。

「さっきも言いましたが、平助側の見方しか書かれていない。同じ事柄でも、一方だけの見解を鵜呑《うの》みにすると事実を見誤る危険がある。そう思いませんか」

「それでいろいろお調べになっていたんですね」

「まあ、そういうことです」

「その調査はどれだけかかるんでしょうか」

これ以上久米の話を聞いていても仕方ない。原稿が遅れているのは調べもののせいだと本人が言うものを、どうすることもできない。

「調べもおおかたは済んでる……そうだ、三日、三日待ってください。待ってもらえれば訳し終わったものをメールしますよ」

「大丈夫なんですか」

「いけます、必ず」

「少しお疲れのようですが、体調はいかがです？」

「このところの猛暑で寝不足が続いているだけです」

「そうですか。安心しました。では原稿、楽しみに待ってます」

菜緒は、木綿子が勧めた茶のおかわりを一気に飲み、久米家を出た。外まで見送る木綿子が実家から送ってきたものだと紙袋を差し出した。

そのときカーディガンのレース越しだったが、肘《ひじ》と手首の間、前腕に青痣《あざ》を見つけてしまった。

菜緒は息を飲み、思わず木綿子の顔を見た。

「お暑い中、お疲れ様でございました。どうか今後とも主人をよろしくお願いいたします」

そこに変わらぬ微笑みがあった。

京都駅に戻っても、動悸《どうき》が収まらなかった。『茶碗継職人恋重荷』のことばかり考えていたせいで奇妙な幻覚を見たのかもしれない。でないとあまりに現実味のない奇談を体験していることになるからだ。

しかし、痣の青さが目に浮かぶ。菜緒の頭は、書き付けの平助のように空想の世界に没入していく。久米家は冷房を入れていなかったため屋内はかなり高い温度だったにもかかわらず、レースとはいえカーディガンを着ていたのは変だ。やはり木綿子は痣を隠そうとしていたにちがいない。

痣は腕を包むような形に見えた。手で強く摑《つか》まれ、捻《ひね》られたかしてついたものではないか。菜緒の腕にも同じような場所に青痣ができたことがある。郁夫に摑まれて振りほどこうとしたとき、ねじり上げられてできたものだ。それほど激しい抵抗ではなかったのに、半日ほどで内出血の痕《あと》が広がっていった。よく見ると浮かび上がる夫の指の形が、おぞましかった。

菜緒は節が目立つ久米の長い指を思い浮かべた。すると記憶の中の木綿子の痣も、久米の指と重なっていく。

二人の間に何かあったのだろうか。それで連絡が滞った。

いや、そんなことはない。変わったところのある久米ではあったが、夫婦仲の良さはデビュー以来ずっと見てきた。甲斐甲斐《かいがい》しく夫を支える木綿子に対し、無骨ながら気遣う久米が妻に手を上げることなど考えにくい。

それほどのことが久米家で起こった？　いや、詮索はよそう。

どんなおしどり夫婦の間にも多少の波風は起こる。ごく小さないざこざくらいで神経質になっている自分の方がおかしいのだ。どうも平助への感情移入に加えて、自らの苦い体験のせいですぐ暴力と結びつけてしまう傾向がある。

今回京都にきた目的は、久米が病気で臥《ふ》せっていないか、きちんと仕事を継続しているかの確認だ。目的は果たしたと、大手を振って帰路につけばいい。

ミネラルウォーターを買って新幹線ホームの冷房の効いた待合室に座り、列車が到着するまでの間に、菜緒は玉木に電話をかけた。久米の様子をさっさと報告しておきたかった。

「ちゃんと執筆を継続してるんだね」

「書き付けの信憑性《しんぴょうせい》を確認するために、いろいろ調べてるみたいでした。具体的には聞いてませんけど」

「一安心だ。でも気をつけてよ、歴史の研究書を出版するんじゃないんだから。曖昧《あいまい》なところは、うちの優秀な校閲にお任せ下さいって言って、どんどん先に進むように指導してあげないと、停滞してしまいかねないんだからさ」

「そうですね、私も気になってはいるんです」

細かな史実にとらわれて筆が止まってしまった時代小説家を何人か知っている。歴史マニアからの批判を恐れて、予防線ばかりを張ろうとしてしまうのだ。一つ描写するたびに、言い訳がましい説明が施されて窮屈な文章になって、物語性が薄くなる。あらすじを追うだけの話に読者は面白みを感じない。

それを一番分かっているのが作者本人だ。だから自分の書いている小説がとてつもなく駄作に思えてきて筆を止めるのだった。

「そこだけをチェックして、尻を叩いてくれ。体調にも問題なさそうだしな」

「そうですね体調の方は、寝不足くらいでしょうかね」

木綿子の腕の痣のことを言うか言うまいか迷っていた。

「他に不安要素、あるの？」

「えっ、どうしてそう思ったんですか」

質問に変な質問で返してしまった。

「体調の方はって言ったから、なら他に問題でもあるのかと思っただけだよ。ないのなら、別にいい。分かった、出張お疲れ様」

電話を切ってから、やはり何もかも報告しておいた方がよかったかな、と思ったけれど、思い過ごしだと一笑に付されるだけだったろう。

12

その後も久米は、なにやかやと言い訳をして、書き付けの翻訳をメールしてこなかった。体調が悪いのかと訊《き》いても、そんなことはないと言うし、家庭内で何か問題でも発生しているのかと問うと笑って否定する。何も問題はない、と久米が言い張り、菜緒が引き下がるという同じ展開の繰り返しだ。

連絡のないまま三週間が経過した日の午後、我慢の限界に達した菜緒は、一体何が作業を妨げているのか、と問い詰めた。

「妨げているもの、あえて言うならば僕の良心かな」

「良心だなんて、意味が分からないんですけど」

「読んで調べると、殺人が行われたことはまちがいありません。そんなものをいまさら白日の下に晒《さら》してもいいものかどうか」

「晒すと言っても、そのままじゃないんですよ。フィクションなんですから、久米さんが心を痛める必要はないはずです」

「痛める必要がない、か」

と投げやりな言い方をしたかと思うと、久米は黙ってしまった。

「久米さん、どうかなさったんですか」

「……」

「久米さん、久米さん」

「あ、いや失礼」

「びっくりするじゃないですか、急に黙ってしまうなんて」

とつい強い口調になった。

「申し訳ない。ふと思いついたことがあって。そうですね、分かりました。明日、いや宅配便にするんで明後日《あさって》にすべて送ります」

「すべてって」

「ええ、全文訳ですよ」

久米の声から余裕のようなものが感じられる。

「メールじゃなく宅配便でですか」

「資料のコピーもあるんで」

「資料まで……本当に？」

「これまで待ってもらって、僕も心苦しかった。今度は約束を守ります。風見さんが言う通り、ようはルポや論文じゃなくフィクションなんですからね」

「ええ、そうです。明後日ですね」

念を押した。

「明日、宅配業者に渡しますから、台風でもこないかぎり大丈夫でしょう?」

「ではお待ちしています」

菜緒は受話器を置く。

「久米先生、また蕎麦《そば》屋の出前ですか」

隣で菜緒の様子を見ていた香怜が訊いてきた。黒いマスカラとアイラインで強調された瞼《まぶた》を瞬《しばた》いた。ことさらばっちりメイクを施しているのは、接待があった翌朝が多い。寝不足や深酒をすると香怜は瞼が腫《は》れて人相が変わるのを極端に気にしていた。

「どうだろう、ひょっとしたら今度は信じてもいいかも」

「何だか、薄幸の妻みたいですね、風見さん。そういう人って何度騙《だま》されても、今度だけは信じよう、今度は改心したかもって許すじゃないですか」

「本当に今度は送ってくれそうな感じなのよ」

「宅配便なんでしょう」

「資料のコピーがあるんだって」

「タイムラグを使って、誤魔化《ごまか》すつもりじゃないんですか」

香怜は大きなピアスを揺らして笑う。

「送るって言うんだから、待つしかないわ」

と、菜緒は予定表に茶碗継ぎの原稿着と書き込んだ。

自宅療養のまま新学期を迎え、とくに良くも悪くもならなかった一樹が、その夜発作を起こした。

帰宅して母と交代する際に話したときは、何も言っていなかった。いつもと変わらず食事とトイレ以外は自室に閉じこもったままだったそうだ。

「あまり食べないのよ、イッちゃん。夜食に冷製のジャガイモスープを作っておいたから、あなたも一緒だったら飲んでくれるかも。栄養満点よ」

という母の気遣いに感謝して、菜緒はシャワーを浴び、リビングで母がこっそり持ってきた父の書いた小説に目を通していた。

子供部屋のドアが開く音がしたから、声をかけてみた。

「お祖母ちゃんが作ってくれた冷たいスープあるんだけど、一緒に飲む？」

返事がなかった。

菜緒は手を止めて、立ち上がった。リビングから半身だけだして廊下を覗く。

一樹がドアの前で体育座りをしていた。

「何、どうしたの、そんなところに座り込んで」

と駆け寄り、膝《ひざ》をついて一樹と目線を合わせた。

「急に身体の力抜けた」

うつろな目で菜緒を見る。

「どこか痛いの？」

首を振り、

「お祖母ちゃんのご飯、不味《まず》いよ」

と視線をそらす。

「何言ってんの、イッちゃん、ママのより美味しいって言ってたじゃない」

「じゃあ味付けが変わったんじゃない。とても不味くて食欲わかない。いまもお祖母ちゃんが作ってくれたスープって聞いただけで嫌になったんだ」

「それで座り込み？」

「あんなの食べると思うだけで、死んじゃう」

「何てことを。お祖母ちゃん、イッちゃんのこと思って毎日きてくれてるのよ。そんなこと言っちゃお祖母ちゃんに悪いわ」

「毎日、食べてないからそんなことが言えるんだ」

「朝は、お祖母ちゃんが作っておいてくれたものをちゃんと食べてる。不味いなんて思ったことない」

「じゃあ僕の舌がおかしいんだろ。頭がおかしいんだきっと」

一樹はごろりと後ろに寝転んだ。

「これ、何してるの廊下で」

「壊れてる」

後頭部を床に打ち付けた。鈍い音が響く。

「やめなさい」

菜緒は手を一樹の頭の下に差し入れた。

一樹は亀のように首を反らし、菜緒の手のひらのクッションを避けるようにしてまた床に後頭部を打ち付けた。

「ばか、やめるの!」

叫ぶと、さらに上へ身体をずらして、頭を振り下ろす。

菜緒は一樹の両手を摑んで、引っ張り起こした。

今度は足をばたつかせ逃れようと暴れ出した。

手を放すと、その反動でこれまでより強く頭を打ち付けることになる。力の限り腕を摑み、そのまま足を踏ん張って腰から立ち上がり、一樹を引っ張り上げた。自分の体重を使うと思わぬ力が出せると介護の本で読んだ通りだ。

「痛い、痛いよ」

「ごめんなさい」

手を放すと同時に背中に手を回した。

「手がちぎれそう。痣ができたじゃないか」

一樹は両腕を見る。

「痣？」

「ひどいよ、ママ。痛いよ」

「ごめん」

一樹の腕を見ようと手を伸ばすと、彼がサッと引っ込める。

「もうお祖母ちゃんが作ったもの、絶対に食べないから」

一樹は大声を張り上げ部屋に入った。強くドアを閉めた音は菜緒を寄せ付けないものだった。

「イッちゃん」

ドアに向かって言葉を投げたが、むろん返事などなかった。

しばらくドアの前から動けなかった。

こんなとき、執拗《しつよう》に理由を訊いたり、原因を探ったりせずそっとしておくようにカウンセラーから言われていた。だからドアをノックしないし、声をかけるつもりもない。

部屋の様子を窺っているとゲームの始まりを告げる音楽が聞こえてきた。その音に安堵《あんど》してリビングへ向かう。ゲームの音楽が一樹の日常を取り戻したことを示す音になってしまっていた。

深呼吸をして気持ちを整えながらリビングテーブルに着く。

父の小説の一部はA4用紙五枚ほどだ。文字の大きさや行数、行間など読みやすい設定になっている。ビギナーにしては読み手のことを考えて人物や地名にはルビまで振ってあった。

文章も真面目な父の性格が反映して、文法的なミスはなかった。ただ小説そのものは既視感に満ちていて、新人賞でも一次選考通過がやっとの内容だ。何より、たった五枚なのにその中で視点がぶれてしまっているのは、いただけなかった。

視点のぶれを、どう父に分からせるか。そんなことを考えると一樹への心配も忘れられた。いまは忘れることで、一樹をそっとしておけるのだと、菜緒は自分に言い聞かせていた。

視点——小説においてかなり重要な事柄だ。よく言われる神の視点ならば、大きく二種類ある。誰の心理描写もしないものと、登場人物すべての心模様を描写するものだ。ただこの扱い方は、初心者には難しい。誰の心も分かってしまっているから作者の都合でどうにでもなってしまうのだ。ご都合主義の物語は読者に受け入れられないことが多い。

分かりやすいのは、三人称で書く場合でも主人公の単一視点にして、その主人公の見たものを描写する方法だ。ただ物事は主人公からしか見えないし、描写できない。つまり主人公のいない場所で起こった出来事は伝聞、もしくは推測になる。窮屈に思うかもしれないが、コツさえ摑めば読者に分かりやすい小説になるはずだ。

父には悪いが、書き直した方がよさそうだ。書き慣れていない人間が、視点の問題をクリアするのにはそれだけ時間がいることを父に伝えよう。

その点、茶碗継ぎの書き付けはきちんと平助の視点、すなわち「私」で統一されていた。寺子屋で学んだだけでそこまでできるはずはない。

つぶさに書かれてないだけで、平助は紫乃の手ほどきを受けたのか。

書き付けは、本当に平助が書いたものなのだろうか。いや事実だからこそぶれずに書けているとも言える。むしろ創作が入ると辻褄《つじつま》が合わなくなるにちがいない。

菜緒はバッグから、これまで久米から受け取った翻訳文章のプリントを取り出し、それに目を通し始めた。

読み終わるとテーブルに頰杖《ほおづえ》をつく。

本来は茶碗の謂われを書き留めておく書き付けだから、主人公は茶碗でなくてはいけない。なのに平助と彼に関係する人々がメインの話となっていて、すでに目的が変わってしまっている。

平助が書き付けの形でしか語ることができなくなったのは、自身に間男の疑いがかかったからだ。

もしや、死罪になる前に真実を書き留めておいたのだろうか。いや、身の潔白を証明するのに書き付けが向いているとは思えない。そこに何かがある、と久米も考えたにちがいない。

全文を読めば、それもはっきりする。明後日には、翻訳のすべてが届くのだ。

13

「どうしてなの」

電話の向こうの母の声は猜疑心《さいぎしん》に満ちていた。理由も言わず、今日はこなくていい、と言ったのだから無理もない。

「昨夜、発作が出たの」

「じゃあ余計に付いててやらないといけないんじゃない」

「そうなんだけど、とにかくいまからクリニックへ連れて行ってみようと思うのよ」

「会社は？」

「何とかする」

「じゃあ私がクリニックに連れて行く方がいいんじゃない。お父さんの車で」

「母と子供の問題だから」

「うーん、それもそうね。分かった、今日は待機してる。結果、連絡ちょうだいね」

「うん。それじゃ我儘《わがまま》言ってごめんね」

母と子供の問題、か。自分の言葉ながらずしりと重かった。

菜緒は、子供の具合が悪いから、出社は昼過ぎになる旨《むね》を玉木に伝えた。

「大変だな。いいクリニックを紹介しようか」

玉木は有名な心療内科医の名前を出した。

「ありがとうございます。また相談するかもしれません」

「いつでもいいよ。自分一人で抱え込まないように」

玉木は、稀《まれ》に優しい言葉をかけてくれる。

菜緒はハムエッグとトーストを作り、リビングテーブルに並べて牛乳を電子レンジに入れておいてから一樹の部屋をノックした。

いつものように返事はない。

「入るね」

声をかけて中に入る。

壁際のベッドに横になっているが一樹は目を開けている。昼夜逆転させないように、必ず朝七時には目を覚まさせていた。どうやらそれは習慣化してきているようだ。

「朝ご飯、食べられる？」

これもいつもの台詞《せりふ》だ。

「うん」

「ミルクコーヒーに蜂蜜《はちみつ》入れる？」

一樹は、小さいときから菜緒の影響かコーヒーの香りが好きだった。高学年になってからはミルクにノンカフェインのインスタントコーヒーを入れて飲んでいる。

一樹が身体《からだ》を起こすのを待つ。

「お砂糖」

ぶっきらぼうな口の利き方でも菜緒はほっとする。

「じゃあコーヒー作って待ってるから、顔を洗ってきてね」

キッチンに戻って電子レンジのボタンを押すと、洗面所の方へゆっくりと歩いていく一樹の足音がした。

小さく息を吐き、暑がりの一樹のために冷房の温度を一度下げ、温まったミルクに砂糖とコーヒーの粉を入れた。

菜緒はコーヒーメーカーからレギュラーコーヒーをカップに注《つ》いで椅子《いす》に座る。そこへ長めの髪の毛の寝癖を直しながら一樹がやってきた。今日が平日であること、一樹が笑っていないことを除けば、病気を発症する前の日曜日の朝の光景だった。

「いただきます」

菜緒は大きく張りのある声を出す。

一樹は上目遣いで菜緒を見るだけで、すぐに卵にマヨネーズをかけた。黙ったまま、トーストにピーナッツバターをてんこ盛りにして頬張《ほおば》る。喉《のど》に詰まりそうになってミルクコーヒーを流し込んだ。そうしている間も、せわしなく足をバタバタならしている。

「ゆっくり、落ち着いて食べないと」

返事もせず一樹は、大きく喉を鳴らして食べ物を呑《の》み込み、ちらりと自分の腕を見た。

「痛い？　ごめんね」

菜緒は昨夜強く握った腕に目をやり、痣《あざ》を探した。しかし、痣は見当たらず、少し赤くなっているだけだった。それもよく見ないと分からない程度だ。

「よかった。痣にならなくて」

「でも痛かった」

「だってイッちゃんが頭をぶつけるから」

「お祖母《ばあ》ちゃんくるの？」

「今日はこない」

「よかった。ピザとるから、お金置いておいてよ」

一樹は、緊急のために用意してあるお金をしまっている食器棚の引き出しを見た。

「ママとクリニックに行くの」

気にしていないような口ぶりで言った。

「昨夜、僕が暴れたから？」

「そう。あんなに強く頭をぶつけたんだから、念のために診《み》てもらうのよ。後頭部は怖いからね」

「大丈夫だよ。怪我《けが》してない」

一樹は後頭部を手で撫《な》でた。

「だから念のため」

パンを呑み込みコーヒーを飲んだ。

「検査するの？」

「分からない、ママお医者さんじゃないから」

「お祖母ちゃんの料理が不味《まず》いって言ったから、お仕置きだろう」

いっそう激しく足をばたつかせた。

「お仕置きなんてしない。美味《おい》しい、不味いは個人的な味覚だからしかたないわ」

「絶対、行かない。お医者は嫌いだ」

「頭の怪我は見えないの」

「ちゃんと食べるから、病院に連れて行かないで」

「そういう問題じゃないの。イッちゃんの身体が心配なの、ママは」

「大丈夫だって言ってるじゃないか」

「それなら診てもらってもいいじゃない。すぐに終わる」

「嫌だ、いろいろ訊《き》かれるから。お願いママ、お医者は嫌だ」

懇願するような顔つきだ。

「もうあんなことしない？」

「しない、絶対しない」

「約束してくれる？」

「する」

一樹は、指で弾《はじ》いた張り子の虎《とら》のように首を突き出し、何度もうなずいて見せた。

「イッちゃんが自分をいじめるようなことをしないって言うんなら、今回だけは」

強打した後頭部が気になるけれど、吐き気もなく食欲もあるようだし、頭痛も訴えていないからいますぐ医者に診てもらうこともなさそうだ。

「じゃあクリニックに行かなくてもいいんだ」

「うん。でもお祖母ちゃんもこないよ」

「留守番くらい、ひとりでできるよ」

学校へ行く気はないらしい。

「お昼まではママもいる」

「気にしないでいいよ」

一樹は皿を空にして、もう一杯ミルクコーヒーを欲しがった。

昼食はピザをとり一樹と食べ、夕飯までに帰ると言ってマンションを出た。何をしたわけでもないのに、デスクに座るとどっと疲れが出た。

「大丈夫なのか」

と声をかけてくれた玉木の手には、A４用紙を黒いダブルクリップで留めた紙の束があった。どうやら新しい仕事があるようだ。

「まあなんとか。すみません勝手言って」

「気にしないでいい。私の方も遠慮なく頼み事はするから」

「それは？」

「宮前《みやまえ》さんの原稿を見てもらいたい」

宮前洋《ひろし》は最近人気が出だしたミステリーの新人作家だ。昔から時代小説が好きだったそうで、本格的に挑戦したいと原稿を持ち込んできたのは聞いていた。

「いつまでですか」

編集者をつかまえて見て欲しいというときは作品への値踏みだ。相手がプロ作家のときは新人作家のもののように即断は避けないといけない。つまりそれなりに時間がかかる。

「明日、本人に会う」

「何時ですか」

「むろん夜。そうだね六時頃ここを出る」

ぎこちない流し目で玉木は菜緒を見下ろす。

「時間ないですね。ちなみに部長は目を通されたんですよね」

「ああ」

「どうだったんですか」

玉木は原稿の束を菜緒に差し出し、自分は空いていた香怜の椅子を引き寄せて座った。

「岡本綺堂《きどう》の『半七捕物帳』に心酔していたから、作風はなんとなく似てる。同心が主人公で彼が昔の事件を振り返っていく。悪くないけれど、どうしても半七がちらつくんだ。あと何か、何かを足すか、引くかすればいいものになる予感はする。短編三編の内一編だけを読んだ感想だけど」

「短編ですか。それなら何とかなるでしょう。その足すか引くかする、何かを見つければいいんですね」

「やっぱり風見さん、話が早い。久米さんの原稿で忙しいときにすまん。明日だったよね」

「約束では」

「じゃあ、頼んだよ」

「はい、はい」

菜緒は宮前の原稿を開いた。明日、久米の原稿が届いた場合に備えて、早めに玉木の仕事を済ませておこうと思った。

14

明くる日のお昼前、出社して玉木のデスクに宮前の原稿を置く。家に戻って夜通し彼の短編を何度も読んだ。玉木の言う通り物足りなさを感じるものの、では何が足りないのかが言葉にできなかった。

そこでどうすればより面白くなるのかをまとめてみることにした。

まず過去を振り返るというスタイルでは、いくら絶体絶命のシーンを書いても死なないことが分かっているため、手に汗握るところまではいかない。同じ事柄を書いても、どうなってしまうのかという興味よりも、いかにして危機を脱したのかに読者の関心が集まるように演出するのはどうかと考えた。結果を知っていても、方法を知りたい読者はいるはずだ。

ようは物語のどこを強調するかで、作品の受け取り方が変わることを宮前に伝えてみてはどうか、と書いたメモを原稿の一番上に添えた。

菜緒が自分のデスクに座ると、

「荷物ですよ」

そう言いながら香怜がいくつかの封書や葉書、荷物を胸に抱いて、編集部に入ってきた。香怜は玉木のデスク、柏木のデスクと各担当者のデスクに荷物を置いて、ようやく菜緒の前にやってきた。

「きてる？」

菜緒は香怜を見上げた。

香怜は白い歯を見せ、

「届いてますとも、風見さん」

と笑った。

「約束、守ったんだ」

すぐにハサミで封を切り、中身を出す。プリントアウトした翻訳原稿に同封されていたのは、書き付けの何ページかをコピーしたもの、さらに古地図のコピーとスナップ写真だった。

「改心したんですかね」

「こちらの気持ちが伝わったのかも。今日はこれを家に持って帰って作業したいんだけれど、いい？」

宮前の原稿に付けたメモに「一樹から目が離せないので自宅で仕事をしたい」と書き添えてある。

「いいですよ」

「夕方になると思うけど中西さんの『柳生月影抄』シリーズの新聞半五段広告のゲラが上がってくるの。それが届いたらうちにファクスしてくれます？」

「分かりました」

「ごめんなさい、お手数かけて」

菜緒はトートバッグに原稿と資料を入れ、オフィスを後にした。

帰宅して一樹とお昼ご飯を食べ、しばらくはリビングで様子を見た。昨日一緒にいたことが、彼の気持ちを落ち着かせたような気がする。一樹に言わせれば、お祖母ちゃんの作る不味いご飯を食べないで済むと気分がいいのだそうだ。

二日間、母の訪問を断ったけれど、一樹の言葉は口が裂けても言えない。

夕刻に香怜がファクスしてくれた篤哉の作品の新聞広告をチェックした。再び香怜にファクスして訂正箇所の確認を終えたとき、嬉《うれ》しい人から電話が入った。先輩編集者だった加地美千香だ。

「仕事を家に持ち込んでるんだって」

「そうなんです。ちょっと事情があって」

「一樹くんの具合どう？　玉木さんに聞いた」

「部長と話したんですか」

「うん。うちのムックで京都を特集するんで、最近の久米さんはどんな感じかなって聞きたくてカザミンに電話したらいないから」

玉木は息子さんが身体を壊して、自宅で作業をしてるとだけ言ったそうだ。

「すみません」

「で、どうなの」

「まあ……」

「気の早いインフルエンザかなにか」

「いえ、そんなんじゃないですけれど」

「お見舞い行ってもいい？」

「お忙しいのに悪いですよ」

「久しぶりに一樹くんの顔も見たいし、久米さんのこともあるから。じゃあいまから、一時間後に、ね」

菜緒が口を挟む間もなく電話は切れた。

せっかちなところは変わっていない。一樹のことで相談しようと思ったこともある。しかし迷惑かけまいと連絡もしなかったのに、相手からアクションがあった。

恋人が家にやってくるかのように、ドキドキしているしソワソワもしている。夕食はお寿司《すし》でも取ることにして、まずはリビングを掃除しよう。

掃除機をかけていると、一樹が部屋から出てきた。

「結局お祖母ちゃん、くるんだ」

ゲーム機を持ったままリビングまでやってきていた。

「ちがうよ」

「もしかしてお医者さん？」

一樹の声がびくついているのが分かる。

「まさか。そんな抜き打ちテストみたいな卑怯《ひきょう》な真似《まね》、ママはしない」

掃除機をしまい、ペーパーモップで床を拭《ふ》く。

「じゃあ誰だよ」

「気になる？」

「別に」

「加地美千香さん」

菜緒はリビングの椅子の麻の座布団を整えて、そこに腰を下ろした。

「美千香さんか。御門屋《みかどや》の揚《あげ》まんじゅう買ってきてくれるかな」

一樹が嬉しそうな顔を見せた。

「さあ、どうだろうね」

「揚まんじゅう、ミルクと合うんだよね」

「そうね、ママも好き」

たわいもない会話が嬉しかった。だから一樹が部屋に戻ったとき、こっそりメールで揚まんじゅうを美千香にねだった。

予定より三〇分ほど遅れて美千香がやってきた。むろん手には御門屋の手提《てさ》げ袋があった。

美千香と話す一樹は、以前の元気な小学五年生だった。揚まんじゅうを食べてご機嫌だったし、美千香がゲームに詳しいせいもあって会話も弾む。

お寿司を取って食べてから、美千香は一樹の頼みでゲームをして遊んでくれた。美千香が一樹の部屋から出てきてコーヒーを飲みにリビングチェアに座ったのは二時間後、午後九時過ぎだった。

「美千香さん、すみません」

「いいの。私も久しぶりに燃えちゃった。でも一樹くん、強いわ。連戦連敗」

痺《しび》れを治すように指を振り、肩を回した。

「お疲れなのに……そうだ、この分お支払いします」

菜緒は御門屋の紙袋に目をやる。

「何言ってるの、いいわよ。手土産《てみやげ》何がいいか迷ってたの。やっぱり食べたいものを食べさせてあげたいじゃない。お寿司はおごってもらう」

「助かりました。一樹の相手してもらって」

菜緒は頭を下げて、コーヒーを美千香のカップに注いだ。

「白熱したゲーム展開に、かえって一樹くんを疲れさせてしまったわ。横になってマンガ読んでる。少し早いけど、寝るかもしれないって言ってた」

「大人しくしているんなら、それでいいんです」

「まあ、彼も辛《つら》いみたいね」

ゲームの合間に一樹はいろいろな話を美千香にしたそうだ。いま学校に行けないことや、菜緒に我が儘ばかりを言っていることまで吐き出したという。

「あの子が」

「他人だからね、言いやすいのよ」

「カウンセリングでもなかなか自分からは言わないんですよ」

「そう。じゃあ私が聞き上手なのね」

美千香は弾けるように笑った。そして真顔になって、

「まだまだ子供なのかも。母親に甘えたいんだと思う」

「それは私も感じているんです」

「でも仕事が、ね」

美千香には結婚を決めた男性がいたけれど、フリーになる前に別れてしまったと聞いたことがある。

「たまにですけど、この仕事が心底好きなんだなって思うことがあるんです。そのたび後ろめたくなって」

「何より優先したくなるんでしょう。私もそうだった。悪いけど他のことが疎《うと》ましいとさえ感じちゃうときがあるからね。私なんか母が入院したとき、忙しい頃だったから、頼むから退院するのを延ばしてほしいと思ったもん。自分には赤い血が流れてるのかなって薄情さと身勝手さに嫌悪したりしてね」

「落ち込みますよね。私の場合、離婚で思い知ったはずなんですけど、一番大事なものが分からなくなる」

「ちゃんと頭では分かってるのよ、カザミンも」

「でも気持ちが仕事に向いてしまって」

「編集者の業《ごう》よね。気づくと本のこと考えてる。面倒くさいこと大嫌いな私が、小難しい歴史資料を読んでるんだから、びっくり」

「没頭してしまうこと、ありますよね。そうか業だったのか」

「本当はどうなのか分からないけど、業って言われると何か納得しちゃうでしょう」

美千香は肩をすくめて微笑《ほほえ》んだ。

「本当ですね、うなずけちゃう」

「その業の話なんだけど、久米さんってまだ京都よね」

直接連絡をとってもよかったが、至誠出版時代小説新人賞出身だから仁義を切る意味で菜緒に仲介を頼みたいと美千香は言った。

「伏見で作家を続けてるんですが、作品は刊行されてません。ちょうどいま新作にかかってもらってるんです」

「あら、そうなの。じゃあお忙しいかしら」

「いま資料集めの段階なんで、他の仕事は」

「難しいか……。どんなものを書こうとしてるの？　時代小説よね」

「そうです。作風は変わると思いますが」

菜緒は骨董品《こっとうひん》の茶碗《ちゃわん》を買いに京都の東寺へ赴いたところから、書き付けの存在、そしてこれまで久米が翻訳した内容を話した。通常は部外者に、未完成の小説について情報を漏らすことはない。しかし社外の人間だといっても、現在美千香がたずさわっている仕事が文芸でないから詳しく話せた。

「書き付けに引っ張られ過ぎかも」

美千香が感想を漏らした。

「どこまで久米さんが創《つく》れるか、ですよね」

「話を聞く限り、かなり手こずってる感じね。カザミンにしては。ねえ、私もその茶碗継ぎさんの書いたもの読ませてくれない？　江戸時代に実際に京都で生きていた人の生の声なんでしょう、興味ある」

「京都の特集を企画されてるんでしたね」

「まだ取り上げられてない歴史が京都にはあるっていうのが切り口なの。その参考になりそうな気がする」

「そうですね、確かにこれまで雑誌には載ってないような情報も含まれてますしね」

菜緒は茶碗継ぎという仕事の内容を記した箇所を例に挙げた。

「そんな職人さんがいたんだ。久米さんの小説が出たとき、私がたずさわっているムックとタイアップできないかしら？」

小説の舞台を写真で紹介したり、モデルになった人物像をイラストで具体化するアイデアを美千香は口にした。

「ありがたい話ですけど。どうでしょうか、翻訳したのは久米さんですし」

「でもお茶碗買ったのは至誠出版なのよね。至誠出版の資料を参考にするだけだから、ね」

「まあ、そうですね」

「お互い協力し合えるし。巻頭ページは有名な伏見稲荷《いなり》の千本鳥居なんだけど、これはまあ人寄せパンダね。奥へ進んでいくといままで知らなかった京都というか、異界が広がっていくって、何かいいじゃない」

興奮気味に話すとき美千香は早口になる。

「間口が狭くて、奥は深い、京都らしくもありますね」

「そういうこと、ぴったりなのよ久米さんに。家も近いしね」

「あれ？」

菜緒はまじまじと美千香の顔を見る。

「何？　どうした？」

「美千香さん、久米さんと仕事したことないですよね」

「担当じゃなかったからね」

「久米さんのこと調べたんですか」

「え、調べるって何を？」

「プロフィールとか」

「そんなことしてない。白紙だから、かえって久米さんの良さを引き出せるかもって思ってるくらい。何よ、何か疑問があるんなら言って。気持ち悪いじゃないの」

「いえ、大したことないんです。おっしゃる通り久米さんの家、千本鳥居に近かったもんで。でも私、久米さんの自宅のこと言ってないですよね」

「そ、そういうことか」美千香が表情を曇らせた。

「何か、あるんですね」

「だから、私ポーカーが弱いのね。なんだかんだ言って顔に出ちゃうんだもん」口ほど嘆いている感じはない。「玉木さんよ」

「部長？」

「一樹くんの具合もよくなさそうだし、久米さんの新作に振り回されて大変そうだから、何とかしてやれないかって」

「京都特集っていうのも」

「それは本当よ。私もやりたい企画だしさ。久米さんのことはちょっと調べたけど」

彼女の言葉をそのまま信じられなかった。玉木から言われて、無理やり京都特集を組むことくらい美千香には造作のないことだ。

少し前の菜緒ならプライドが傷つき、カチンときていたかもしれない。でもいまは玉木にも優しい一面があるのだと思えたし、美千香の助けもありがたいと感謝できた。

自分ではそんなに感じていなかったのだが、玉木が心配するほど神経が疲弊《ひへい》していたのかもしれない。

「気を悪くした？」美千香が菜緒の顔を覗《のぞ》き込む。

「とんでもないです」

菜緒は美千香の目から逃げるように、キッチンに立ち冷蔵庫から缶ビールを取り出した。グラスを二つテーブルに置くと、素早く注ぐ。

「あら、いいわね」

と美千香がグラスを持ち上げた。

酔っぱらった母親の姿を見せたくなくて、一樹の前ではアルコールを飲まないようにしていた。しかし、今夜は美千香に免じて一樹も許してくれるだろう。

菜緒はおつまみのカマンベールチーズを皿に載せて席に着き、グラスを持った。それに美千香がカチンと合わせ、二人して「お疲れ」と言ってビールを喉を鳴らして飲んだ。

「美千香さんに、甘えていいですか」そんなに早く回るはずのないアルコールの勢いを借りて、菜緒は言った。

「いいよ、菜緒ちゃん」

「何ですか、菜緒ちゃんって。甘えるって変な意味で言ったんじゃないですよ」

「分かってるわよ、そんなこと。冗談よ」

「すみません」

「謝ることないでしょ。ところで久米さんの原稿って、どこまでそろってるの」

と、美千香はグラスの水滴を指で拭《ぬぐ》い、笑いながら訊いてきた。

「オリジナルの原稿はいまはないです」

「書き付けの現代訳だけなのね」

「ただ直訳でもないらしいんです。素人が書いた文章で悪筆なんで、昔あったような超訳をしているようですね」

「なら久米さんの味付けにはなってるんだ」

「だと思います。でなければ平助はかなりの文才の持ち主ってことになります」

菜緒は立ち上がって自室へ行き、これまでの久米の原稿をプリントアウトしたものをとって戻ると、美千香に渡した。

美千香は慣れた手つきでコピー紙を繰っていく。速読ができる美千香なら、五分ほどで読み終わるにちがいない。

案の定、菜緒が今日久米から送られてきた原稿を取り出して読もうとしているときに美千香が顔を上げた。

「面白いわ。超訳といえども、下地がないとここまで具体的には書けないもの。平助さんって物語のセンスがある」

美千香の目元が笑っていた。

「それは私も感じてます。でもずいぶん芝居がかってませんか。だから、まずいなって」

「久米さんが引きずられ過ぎる、か」

「訳すことに力を出し切ってしまわないかと案じてるんですよ」

「完成度が高いものね。何か書き付けで完結してしまいそうな勢いだもの。この後が早く読みたい。殺人事件だって久米さん言ってたんでしょう？」

「ええ。続きはこれです。読みましょうか」

「そうね、もう一杯、ビールもらってもいい？　ほろ酔い気分でカザミンの美声を聞かせてもらうわ。目は瞑《つぶ》るけど眠ってるんじゃないからね」

と断り、菜緒の用意した缶ビールを開けた。

15

男児の声は、ひどく慌てている感じがして、私まで気が急《せ》き粗末な板戸の心張棒《しんばりぼう》を外しました。

飛び込むように家に入ってきたのは、黒い布で頬被《ほおかぶ》りした九つばかりに見える男児でした。男児は布を取り、しゃがみ込んで土間に手をつきました。暗いのでよく見えなかったのですが、剃髪《ていはつ》された小坊主のようです。

「わたくしは浄真善寺の善照《ぜんしょう》と申します。あなた様は平助様、茶碗継ぎ職人の？」顔だけ上げて私の顔を見ます。

「ああ、儂《わし》は平助だ。それを知って声をかけたのではないのか」

「坊守《ぼうもり》の紫乃様にお仕えしている照孝《しょうこう》から、間違いのないようにきつく言われております」

「間違いなく、茶碗継ぎの平助だ」

「表の看板にもそうありましたので、間違いないと思いますゆえ、お伝えします」善照は深呼吸してから言いました。「住職が高瀬川の高辻《たかつじ》通を下がった船廻《ふなまわし》で、亡くなりました」

「住職って、照悟様？」

「溺《おぼ》れられたとのことです」

「高瀬川のあの辺りで溺れるなんてことが」大雨でも降らない限りたいした水嵩《みずかさ》にはならないし、流れも速くない。

「住職の様子がおかしいと、いつもお出ましになる祇園《ぎおん》のお店から知らせがあり、照孝が迎えに行きました。で、店を出てお寺とは反対側にどんどん歩いて行かれ、高瀬川の畔《ほとり》で休んでおられたのだそうです。そこでじっと川を眺めておられて、腰から崩れたと思うと川へ転落されたと申しておりました」

「自分で川に落ちたということか」

「すぐに引き上げようとしたのですが、住職の大きな身体をどうすることもできなかったそうです」

「それじゃ、そのまま川に流されたと」

「そうでございます」

「同心たちには知らせたのか」

「すでに人が集まってきて、河原に住職を引き上げたときには誰かが知らせていたようです。同心と数人の下っ引きが人だかりを掻《か》き分けておったと」

照孝は、その場を離れて紫乃様に住職が亡くなったことを知らせに走りました。日頃から紫乃様に、旦那様に異変が生じたときは誰よりも早く自分に知らせるよう言われていたそうです。

紫乃様は照孝とともに高瀬川へ向かわれたのですが、そのとき善照をお呼びになって誰にも見つからぬよう私に知らせよと、文を持たせたのでした。

「これが坊守様の文でございます」善照は帯の中から巾着袋《きんちゃくぶくろ》を出し、一枚の紙片を取り出すと私に差し出しました。

少々荒っぽいようにも見えましたが、そこには確かに紫乃様の手によるものと思われる文字がありました。

当家主人死す。あなた様にご迷惑がかかる恐れあり、くれぐれもお気を付け下さいまし。

照悟様が亡くなった事実に、私に迷惑が云々《うんぬん》ということ、それに町代の長吉《ちょうだい》が私と紫乃様の間を疑っていることを考え合わせれば、迷惑の意味が分かります。気をつけろ、という紫乃様の助言も理解できました。

とはいえ、どうすればいいのか思いつかなかったのです。それにいくら長吉が邪推によって私が照悟様をどうにかしたと勘ぐっても、ずっと家にいた私には関係のないことではないか。そう思うと少し気持ちが落ち着き、善照に水を馳走《ちそう》する気になりました。

「善照さん、大変だったな。戻って紫乃様に、お心遣い、感謝致しますと伝えとくれ」

「承《うけたまわ》りました」善照は、また頬被りして夜の町を走り去りました。

次の日、私は何とか継ぎ終わった紫乃様の茶碗と、万寿寺中之町《まんじゆうじなかのちよう》のお得意様で仏具店の専念屋《せんねんや》の主人、坂井与一《さかいよいち》様からお預りしていた香炉《こうろ》を持って家を出ました。紫乃様の茶碗は、留守の間に長吉が持ち去り、妙な因縁《いんねん》を付けられでもしたら大変だと思ったのです。

与一様は親の形見の香炉が修繕されたことにたいそう満足された様子で、茶でもどうかと店の奥へ通して下さいました。

仏壇に囲まれた少し薄暗い板間で白湯《さゆ》をいただいていると、にわかに与一様の声が低くなって、「平助、あんたはんのことを町代の藪中さんが調べてはる」とおっしゃいました。

「儂は何も悪いことはしておりません。ご主人、儂を信じてやってくださいまし」深く頭を下げながら、長吉がどこまで吹聴《ふいちよう》しているのか確かめたくなりました。私はともかく通夜、葬式と心労が多い紫乃様への風当たりがいかほどのものなのか知っておきたかった。

「それにしても藪中様はどうして儂などのことをお調べになるんでしょう」

「私《あて》もあんたはんの人柄はよう知ってますさかいに、平助に限ってそんなことはおへんと言うてやりましたがね。例の浄真善寺の住職がどざえもんで上がった事件ですがな」

「ご不幸があったことは手前も知っております」

「暢気《のんき》なこと言うてたらあきまへんで」

「はあ」

「あんたはんが下手人なんやさかい」

「そんなアホなこと」想像はしていましたが、下手人という言葉を聞くと恐ろしくなり声を張り上げてしまいました。

「そやから、そんな人間とちがうって言うといたんやおへんか」

「なんでまたそんな疑いを」

「あんたはん、坊守はんと親しかったんどすか」

「お謡《うたい》を稽古《けいこ》してもろてただけです」

「謡どすか。けどそれだけで」

「何ですか、ご主人。教えてくださいまし」私は泣きつきました。

「私が言うたて言わんといてや」と、与一様は玄関の方を見遣《みや》り、さらに店の奥、住居との間の土間へと請じ入れてくれたのです。そこは仏壇につかう材木などが保管されていて職人たちの作業場でもありました。職人はおらず、二人は積み上げた端材の一つに腰掛けました。

「私は気づかへんかったんやが、今年の正月くらいからある場所で頻繁に姿が目撃されてましてな。それが浄真善寺の坊守はんとちゃうかっていう噂《うわさ》があったんやそうや」

「ある場所というのはどこなんですか」与一様の表情から、紫乃様に相応《ふさわ》しくない場所だと察しがついたのですが、訊かずにはおれませんでした。

「もうちょっと上《かみ》にある」そこまで言って、じっと私の目を見ます。

私は目をそらさず、見返します。どんなことを言われても大丈夫だと目で訴えました。

むろん虚勢です。

与一様は一度大きくうなずき、「鉄輪町《かなわちょう》の鉄輪塚の近くにある井戸で水を汲《く》んではったんやそうや」と一息でおっしゃいました。

「か、鉄輪の井戸で」仰《の》け反りそうになりました。

16

菜緒は原稿から目を離して、すっかり泡がなくなり温《ぬる》くなったビールを口に含む。

それを見ていた美千香もグラスに手を伸ばす。

「鉄輪の井戸って、いまは赤い鳥居があって神社みたいになってる、あれよね」

「そうです。鉄輪社で、かつての鉄輪町、現在は町名が変わって鍛治屋町《かじやちょう》に祀《まつ》られてます。

久米さんがスナップ写真とコメントを付けてくれてます」

菜緒はそれを取り上げ、美千香に見せる。

「そうそう、これ、テレビで視《み》たことある。通りからだと全然分からないほど小さいんでしょう?」

「家と家の間のとても狭い路地を入って行くんですけど、井戸の前までくると何か不気味なムードが漂ってます」

菜緒は七年程前に取材したことがあった。すでに水は涸《か》れていて井戸には蓋《ふた》がされていた。

「不気味なのはその井戸の蓋の上にペットボトルの水が置いてあったんです」

「何それ?」

「たまたまお参りにこられた女性に聞いたんですけど、そこに一晩置いておいた水を相手に飲ませると縁が切れると信じている人がいるんだそうです」

「縁切りって、東山《ひがしやま》の安井《やすい》金毘羅宮《こんぴらぐう》じゃないの」

美千香は縁切り最強パワースポットとして雑誌で紹介されていたと付け加える。

「絵馬の形をした石にぽっかり空いた穴をくぐるんですよね」

「そう、いっぱいのお札に埋もれて、巨大な羊みたいに真っ白にふくれ上がってる」

「そこの穴を往復すれば、縁切りだけじゃなく良縁も招くっていうんですけど、負のパワーが強い気がしますよね。とにかくあそこはもう縁切りのメッカです。それに比べると大人しいですが、鉄輪の井戸の話も凄《すご》いですよ」

菜緒は昔の取材メモを用意して、美千香に説明する。

「諸説あって、例えば、謡曲の『鉄輪』では」

「ちょっと待って、謡曲ってことは紫乃さんは当然知っているのね」

「坂井さんも平助さんも知っていると思われます。仏具店の坂井さんは一般常識として知ってたでしょう。鍛冶屋さんが多い町で、そこを守護する神様と結び付けて祀ってあった鉄輪塚。その隣にある井戸の謂《い》われですからね」

「平助さんは紫乃さんから謡を学んでいた」

「だから平助さんは仰け反らんばかりに驚いたんです」

「紫乃さんが井戸で水を汲んでいたとすれば」

「縁を切りたいのは住職ですよ、やっぱり」

「そうなるわね。ごめん、話の腰を折っちゃって。鉄輪の話して」

「かいつまんで話しますね。謡曲の舞台は、洛北《らくほく》の山里にある貴船《きふね》神社です」

「丑《うし》の刻参りで有名よね」

「ええ。ある夜、そこの社人《しゃにん》にお告げがあるんです。丑の刻参りをする女に神託を伝えよと」

自分を捨てて後妻を娶《めと》った夫へ復讐《ふくしゅう》したい一心で、五条辺りから遠い道を毎日通う女に、

「身には赤き衣《きぬ》を着。顔には丹《に》をぬり。頭《かしら》には鉄輪を戴《いただ》き。三つの足に火をともし。怒《いか》る心を持つならば。忽《たちま》ち鬼神《きじん》と御《おん》なりあらうずる」と言うのだ。

「鉄輪を頭にかぶって許せないくらい怒ってるって気持ちを表せば、望み通り鬼になるっていうお告げなのね」

美千香が理解しようとまとめる。

「告げられた通りに、身には赤い衣を着て顔には丹を塗って、頭には鉄輪を戴き三つの足に火をともした。横溝正史の映画『八つ墓村』のCMで、祟《たた》りじゃーって老婆の嗄声《しわがれごえ》の中、犯人が走るシーンありますよね。あんな風に頭に鉄輪を逆さにして頭に載せたんですね。そして三本足が三つの角みたいになったところに蠟燭《ろうそく》を立てる」

「怖い格好だわ。それにその時点で立派な鬼よ、鬼だわ」

「だから社人はお告げを伝えてから、その女性と話をしている間に怖くなってくるんです。それでも女性は神託通りにします」

女の姿は一変、髪は逆立ち雷鳴は轟《とどろ》く。そのもの凄さにびっくりした社人は逃げ惑うのだ。そして必ず恨みを晴らしてやると言って、女は激しい雷雨の中を南の方へ消えていく。

「恨まれてた旦那《だんな》さんの方は、毎夜悪夢にうなされるようになります。そこで陰陽師《おんみょうじ》の安《あ》倍晴明《べのせいめい》に相談します」

「晴明が出てくるんだ、豪華ね」

「何と言っても陰陽師が重宝されていた時代ですし、その中でも晴明は一番の有名人ですからね。晴明が夫と後妻に言ったことがセンセーショナルです。先妻の丑の刻参りの呪《のろ》いによって今夜二人とも死んでしまうって」

「それは怖いわね。晴明が助けてくれるんでしょう?」

「もちろん祈禱《きとう》で、呪いを解きはじめます。そこへ鉄輪を頭に載せて鬼の化身となった前妻がやってくるんです」

「鬼も晴明が相手じゃ敵《かな》わない。鉄輪《かなわ》だけに。ごめん」

美千香は軽口を言って笑った。彼女は呪いとかお化けの話が苦手だったことを思い出した。茶化して怖さを軽減しているのだろう。

鬼と化した女は恨みを語って夫へ襲いかかろうとする。しかしそこにいたのは夫ではなく、晴明が用意した祈禱台の上の夫の形代《かたしろ》だった。

「『まづこの度は。帰るべしと。いふ声ばかりはさだかに聞えていふ声ばかり聞えて姿は目に見えぬ鬼とぞなりにける目に見えぬ鬼となりにけり』と、晴明が神力で鬼を退散させて謡は終わります。問題は逃げた鬼女でして」

「何だ、後日談か。だいたい伝説ってそういうものね」

と美千香がチーズを頬張る。

「そもそも五条界隈《かいわい》に住んでいた女性です。そこへ帰るには貴船から、そうですね、直線でも一三キロあまりですかね、その途中に鉄輪の井戸があるんです。そこへ身を投げたんです」

「一三キロっていうと歩くと時速四キロとして片道三時間一五分かかるわよね。往復だと六時間半、それも毎夜午前二時に貴船で藁《わら》人形を打つんでしょう？　相当な執念じゃない。そんな女性が晴明に負かされたからって自殺しちゃうかしら」

「伝説なんですから、そんな論理的に考えないでくださいよ」

菜緒は真顔の美千香がおかしくて笑って言った。

「変？」

「美千香さんの疑問も分からないではないですけどね。ただ補足するとしたら、鉄輪の井戸のある鍛冶屋町から一五〇メートルほど堺町通を北へ行くと夕顔町があります」

「源氏物語の夕顔ね」

「夕顔の住まいがあったと源氏物語では書かれていて、夕顔のお墓とされる夕顔之墳《つか》だなんて石碑も立ってます。民家の敷地内ですけど」

「フィクションなのに、ロマンチックだわ」

「伝説が生まれやすい場所なんだと思うんですが、この夕顔町に江戸時代は鉄輪塚があったとされてるんです」

「また鉄輪？」

「そうなんです」

と言ってから菜緒はメモに目を落として自分もチーズを口にしてビールを飲んで続ける。

「鉄輪塚の謂われは、嫉妬《しっと》深い女が鬼と化した後貴船川の水に浸《つか》って死んで、それを葬った場所だとか、別の文献には『いにしへ物ねたみふかき女あり。かしらに金輪をいただき、賀茂の明神にまうでたりしが、鬼になりて』なんてのもあるんです」

「あらま、同じような話だわ」

「鬼と化した女性が死に向かう道筋みたいなものが出来上がっていたとも考えられます」

「自殺の名所ってのがあるけど、そっちへそっちへと誘われちゃうのね」

「当時の女性としては、鬼になったこと自体が恥ずかしい姿なんでしょう。もう生きてはいけないってくらい」

「見られてはいけない姿を人目にさらしたって感じね、きっと。一心不乱に恨み続けて、丑の刻参りを繰り返している間は分からないんだ。で気づくと恐ろしい姿になってて、晴明なんかに、あんたいま凄い形相になってるよって鏡を見せられた感覚なんだわ」

「そんな鉄輪の井戸の水を汲んでた、紫乃さんは」

生々しさに胸の中で何かがぴくっと動いた。

17

「それは確かなことなのでございましょうか」私はもう一度、与一様の目を見つめて確かめました。

「お召し物も品がなく粗末だったし、頬被《ほおかぶ》りされていたそうやから、ずいぶんの間どこの遊女やろと噂《うわさ》にはなってた。詮索《せんさく》するのはあまりにも不粋なことや。井戸で水を汲《く》んでる姿を見たっていうおなごにしても、なんでそないなところにいたのやと痛《いと》うもない腹をさぐられるんもいややさかい、口にできなんだ」

「では、どうして坊守《ぼうもり》様だと分かったのです？」

「仏光寺《ぶっこうじ》に出入りしてた木之元鉄心《きのもとてっしん》という寺侍《てらざむらい》と、五条河原で逢《あ》っているところを見たもんがおるんや」

意味が飲み込めません。そんな怪訝《けげん》な私の表情を汲み取ったのか、与一様がいっそう小声で教えてくれました。「噂を聞いたことないか。鉄心いうのは内儀があるのに方々のおなごにちょっかいを出す好色な男でな。坊守はんが、浄真善寺のようなたいして大きない寺に嫁《とつ》がはったんは、鉄心みたいなもんに付きまとわれていたせいや」

「坊守様に非があるとは思えません」

「そうかもしれまへん。ほやけどこないなことは噂が立ったら、おしまいですがな。とくにおなごの家にとっては」

紫乃様は寺侍の家の娘です。太平の世となりお侍の仕事も難しくなったとはいえ、小さな寺の坊守では不釣り合いな気もしておりました。それが鉄心なる好色な男との噂が立っていたからだとすれば、うなずけます。

「しかし、それだけで一緒にいたのが紫乃様だと決めつけるのはいかがなものでしょうか」

「鉄心が大きな声で名を呼んだ。それを通りかかったおなごが聞いた。それで十分やおへんか、平助はん。坊守様が男と逢瀬《おうせ》を重ねてたかどうかまでは分かりまへん。けど鉄輪の井戸の水を汲んでたんやったら、そら大ごとですやろ」

縁を切りたかったのが鉄心とのことならば、二人の関係はまだ続いていたことになり、間男などいなかったとなれば切りたいのは夫との縁ということになります。事実として照悟様がお亡くなりになった。

「与一様、それなら儂よりも鉄心様が疑われるべきではないですか」

「よう考えなはれ。鉄心は痩《や》せても枯れても寺侍どす。僧侶《そうりょ》を殺《あや》めるなんて恐ろしいこと、よっぽどの理由がないとできしまへん。鉄心をしょっ引くということは、その理由を明らかにせんとあかん。はっきりと鉄心と紫乃はんがそないな仲やと寺社奉行がつまびらかにできるとお思いか？」寺社奉行がその管轄内できちんと仕事をしていなかったと公にするに等しい、と与一様はため息をつかれました。

となると町代《ちょうだい》たち、とりわけ長吉の思い通り適当な下手人をこさえて打ち首にでもした方がいい、ということになります。

私は唇が震え、手足が冷たくなるのを感じました。「いったい儂はどうすれば」

「やっと分かったようやな。そらこのままやったらあんたはんの命はあらしまへんさかい、どっかに身を隠すしかないやろ。いや、私は何にも言うてまへんさかいな」

与一様がそう言ったときでした。店の玄関先で野太い声がしたのです。

「邪魔するぞ」

声の主が長吉であることはすぐに分かりました。

「平助はん、そこの材木の陰に隠れておいやす。でてきたらあきまへんで」と与一様は店の方へと戻られました。

私は身を縮こまらせながらも、店の様子が気になり耳をすましていました。

「これはこれは町代、お勤めご苦労さまでございます」

「おお与一、ここは茶碗《ちゃわん》継ぎ、平助がよく出入りしているらしいな」

「わたくしの家に代々伝わる器がございまして、放《ほう》る気になれない少々珍しいものについては、継いでもろとります」

「今日はきてないんか」

「頼んでたもんがあったさかい、明日持ってくる予定です」

「ほう。こんなもんがあるんやけど」何かを与一様に見せたようですが、身を潜めていたところからでは何も分かりません。

「これは、平助はんの通い帳ですな」

その言葉で長吉が勝手に家に侵入し、家捜《やさが》しを行ったことが分かりました。すでにもう、私は下手人扱いをされていたのです。

「ここに本日、未《ひつじ》の下刻《げこく》（午後二時二十分から三時頃）与一様へ香炉《こうろ》と記してある。ちょうどいまごろやな」

「それは妙です。そんなにはやく香炉が継げるとも思えません」

「与一、隠し立ては身を滅ぼすで」

「ご冗談を。なぜ隠す必要があるのでございますか」

「この辺りにはまだ噂は流れてきてないのか」

「さてどのようなな。まさか平助はんが盗みでもしでかしたのですか」

「そんな微罪で、町代が動くもんか」

「はて、もっとだいそれたことを」

「まだ詮議《せんぎ》中ゆえ詳しくは言えんが、人殺しや」

「ひ、人殺し」

「そうや。気がおかしくなった、色恋沙汰《ざた》で。浄真善寺の住職が亡くなったんは知ってるやろ」

「へえ、えらいことやと口々に言うてはります。けど、酔っ払って高瀬川に落ちはったんと違うんですか」

「確かに酒は飲んでいたが、正体を失うほどではなかった。どうも体調を崩していたようやな。顔とか腹に発疹《ほっしん》が出ていて、遺体を調べた蘭方医《らんぽうい》も首をひねってた」

「何かの流行病《はやりやまい》どすか。そないなもんで、なんで平助はんが疑われるんどす？」

「浄真善寺の住職の坊守、紫乃といい仲になり、邪魔になったからや。弱っていた住職を川へ突き落としよった。臥《ふ》せってたことを平助が知っていた点を西町奉行の同心、大江《おおえ》様が怪しんでおられる」

聞こえてくる話は無茶苦茶なものでした。まったくの濡《ぬ》れ衣《ぎぬ》です。飛び出して行こうと思ったとき、「それは恐ろしいこと。それが確かならお縄になって、獄門《ごくもん》は免《まぬが》れませんでしょうな」と与一様の声が耳に届きました。その与一様の声は隠れている私に聞こえるように声を大きくされた気がして、再び身を屈《かが》めたのです。

お縄になれば獄門。それは浪花節《なにわぶし》や浄瑠璃《じょうるり》の演目ではなく現実の話なのです。

紫乃様への気持ちが邪《よこしま》なものだと、私自身がよく知っています。ただ気持ちを伝えたことはなく、手にさえ触れたこともないのに、間男として、また住職殺しの咎《とが》により三条河原にさらし首とはあんまりです。

「追っ手はすでにやつの家で待ってるからな」

「もしここにきたらどうしたらええんです」

「丁稚《でっち》を番屋に走らせてくれ」

「分かりました。しかしあの平助が」

「恐ろしいの、恋の病は」

「で、坊守様はどないされてます?」

私が一番訊《き》きたかったことです。

「そこはそれ、大江様が慎重にことをおすすめや」

「ということは番屋ですか」

「身元を確かめてから、ずっとな」

「実際のところはどうなんですか。坊守様は、その平助はんとは」

「ただ謡《うたい》なんかを教えていただけと言うてる。今夜はお寺に戻ってもらう。平助を釣る餌《えさ》になってもらわんとあかんさかい」下品な笑い声でした。

「あのこれも噂ではございますが、ある寺侍様と坊守様とが逢《お》うているのを見かけたもんがあります」

「余計なことを口にせん方がええ。鉄心は住職が死んだ日、島原の遊郭にいたことが明らかになっておる」

「ということはお調べに」

「大江様はなんでもお見通しや」その後長吉は、平助は必ずここにくるから、何があってもすぐに知らせるよう念を押して引き取りました。

「よう分かったやろ」

与一様がドスの利いた声でおっしゃいました。

私は目を伏せました。

「私は、あんたはんのさらし首なんぞ見とうない。それだけどす」

「おおきに」

と礼を述べ、私はめまいを覚えながら、専念屋《せんねんや》の裏口から通り名とてない路地に出ました。碁盤の目のような通り以外にも、家々が軒を連ねその下には人が充分通れる裏道が通っていることを、このときほどありがたいと思ったことはありません。

いずれ長吉に見つかり、お白州へと連れて行かれ最後は打ち首。

その前に一目紫乃様に会って、道具箱にある茶碗をお渡ししたい。そしてお別れしたいという思いが湧《わ》き上がってきたのです。

そうです、死ぬ前に。

そんなことを思いながら裏道で時間の過ぎるのをじっと待ちました。日のあるうちはあまりにも危険だからです。

待てども、お天道様はなかなか西山に隠れてくれません。

汗を拭《ぬぐ》いつつ、じっと膝《ひざ》を抱えるようにして路端《みちばた》にうずくまっていると、ようやく板塀の影が濃くなってきました。

戌《いぬ》の刻（午後八時頃）を過ぎた頃、辺りは真っ暗になり、私は通りに出ました。追っ手の提灯《ちょうちん》がないかと周りを見渡すと、そこは三間《けん》ほど先に鉄輪塚があるはずの場所でした。そしてその横にはあの鉄輪の井戸。

今夜は十三夜月。満月に二日足らずの美しい月明かりの中、一見して職人だと分からないよう道具箱を胸に抱いて、もう一度周りを確かめて小走りに家屋の角へ行きました。そこから奥まった路地を覗《のぞ》くとそれほど大きくない井戸がぼうっと見えます。

女が身を投げたと伝えられ、縁を切りたい女がその釣瓶《つるべ》に手を掛けると聞いていただけに、ただならぬ空気が漂っているように感じます。

しかしどうして紫乃様はこんな場所にきて、水を汲まれたのか。水を飲ませる相手は、やっぱり照悟様だったのでしょうか。

紫乃様の身体《からだ》にある痣《あざ》が、照悟様の手によるものだとすれば、別れたい気持ちも分からないではありません。縁を切りたい気持ちが少しずつ募っていったとも考えられます。一方、鉄心とはどうだったのでしょうか。鉄心が間男ならば、紫乃様は姦婦《かんぷ》として裁きを受けなければなりません。そのことを考えれば、鉄心も縁を切りたい対象だということになります。

紫乃様にとってはいずれも疵《きず》です。

私は師匠から習った「茶碗継ぎに重要なのは、疵を隠すこととは違う。疵も味に変えてしまうことや」という言葉を思い出します。

疵を味に変える、つまり疵に意味を持たせることこそ大事なのです。

意味。もしや、あの茶碗がうまく継げなかったのにも意味があったのではないか。私はさらに修業時代に親方から教えられたさまざまなことを思い浮かべておりました。そしてある考えに行き着き、作業中に陶片を洗う桶《おけ》に誤って落とした煙管《きせる》を確かめてみたのです。思った通りわずかながら変色した部分を見つけました。確信したそのとき、「平助さん？」と私を呼ぶ声。

心《しん》の臓《ぞう》が凍り付き、振り返りました。そこには月下に咲く華《はな》のような茶色の小袖《こそで》姿の紫乃様の白い顔が浮かんでいました。

「し、紫乃様」

「平助さん。どうしてこんなところに」紫乃様が私の側《そば》へこられると、まさしく羅国《らこく》の香が匂《にお》い立ちます。

「井戸の水を汲まれたというのはまことですか」

「ええ」

「それはご住職との縁を切りたくて」

「いいえ、殿方との」

「鉄心様？」

「そんなことまでご存知とは。わたくしは罪作りなおなごです。わたくしを好いてくださる殿方は皆不幸になります」

「それは違います。さかしまではないですか。むしろ紫乃様を不幸にしているのが鉄心様であり、照悟様の方です」

「いいえ、わたくしの罪業のせいです。現にこのたびも平助さんを巻き添えにしてしまいました。わたくしのせいであらぬ咎を」

「紫乃様、一緒にどこかへ逃げましょう。町代や同心は紫乃様も手前も死罪にして、この一件を納めるつもりのようです。すぐに見つかるかもしれませんが、無実の罪に少しも抗《あらが》わないのは悔しいではないですか」

「いけません、そんなこと。わたくしと一緒にいれば、ただそれだけで不幸になります。

罪深きわたくしなど忘れて平助さんだけでも生き延びてくださいまし」

「紫乃様。私は紫乃様の痣の意味に気づいたとき、こころが決まったのです。紫乃様、あなたの罪業は、縁切りの水を汲んだことでも、鉄心様のことでもありません。毒です。毒を照悟様に飲ませていたことです。あの茶碗で」と、ついに言ってしまいました。

私は駆け出しの頃、ある薬種問屋から依頼された瀬戸物が継げなかったことがありました。なんどやっても麦漆《むぎうるし》が利きません。私はやり直そうと陶片を丁寧に洗いながら、親方に相談したのです。すると、親方はしばらく思案され、銀製の煙管を手にとると割れた陶片の入った水桶にそれを放り込まれました。再び水から出した煙管には靄《もや》がかかったように黒ずんだ部分ができているではないですか。猫いらずを調合する茶碗だったのです。鼠《ねずみ》を殺す薬、石見銀山《いわみぎんざん》は焼き物に浸透し、よく洗わないと漆の接着効果を失わせるのだと、親方は教えてくれました。

私の話を黙って聞いていた紫乃様が静かにおっしゃいました。「平助さんはやはり賢い方だと思っておりました。それがさきほど平助さんが眺めていた煙管ですか」

「ええ、ここが黒ずんでいるでしょう?」

「平助さんが愛用されていた煙管」

「紫乃様」

「もう限界でございました。平助さんに継いでくださいと頼みましたいくつかの器は、わたくしが嫁入り道具として持参したものです。それらは高価なものではありませんが、病弱な母と一緒に選んだ思い入れのある品々。どれをとっても愛《いと》しいものばかり」

「それをあんな風に壊したのはご住職ですね」

「わたくしは、抗議する気持ちで金継ぎを思いつきました」継がれた茶碗の金色の疵を見れば、照悟様の心が痛むだろうと考えたのだそうです。

「それでも何も変わらなかった。それで茶に毒を」

「恥ずかしいことです。人でなしです。夜叉《やしゃ》です」月光に照らされた紫乃様の頬に涙が光っていました。

「紫乃様が夜叉だというのなら、そんな風にした住職は魔王です、悪鬼羅刹《あっきらせつ》です」

「そのような優しい言葉をかけないでください。わたくしは恐ろしいおなご。必ず報いがございましょう」

「お茶碗以上に紫乃様の心を壊した照悟様が悪いんです」

「わたくしには好いたお方がおりました。その方と添い遂げられなかった無念を押し殺し尽くしてきました。でも旦那様には通じませんでした。わたくしの未練を悟られたのか、お茶屋遊びに興じて」紫乃様は泣き崩れ、その場にしゃがみこまれました。

「紫乃様」鉄心のことかとは訊けませんでした。

「旦那様はお茶屋のおなごから梅毒をうつされ、それがもとでこの身が不生女《うまずめ》に。それが分かったときどうしても許せなくなりました。平助さん、お寺は本山からの借り物。跡取りがいなければ返上せねばなりません。どれほど肩身の狭いことか」

「お辛《つら》いことでしょう」

「恨みで自分を見失ってしまっておりました。汁物、煮物、お茶に至るまである方からいただいた毒を少量ずつ入れました。それがいつ効くか、わたくしにも分かりません。でも毒を飲ませていることで、罵《のの》られても打擲《ちょうちゃく》されても耐えられた。まるでお守りみたいに」

「毒がお守り」私はそんな恐ろしい毒、どのようにして入手されたのですか、と訊きました。

「それはある方から」

ある方とは鉄心にちがいないのに、紫乃様はまだ庇《かば》うような言い方です。

「やっぱり逃げましょう」

「いけません。耐えてこられたのは毒のことだけではありません。平助さんとの出会いは、本当に楽しかった」

「泣かせるな、ご両人」

声がした方を見ると、ぱっと番屋の提灯が点《つ》きました。長吉でした。

「ずっと与一の店を張っていた。けど一向にお前は現れへん。他の店で聞くと、品を納める約束を違《たが》えたことは一度もないっていうやないか。どんなことがあってもその日には顔をお見せしろっていうのがお前の親方の言いつけで、それは絶対に守るんやって言うてたそうやな。そやのに与一とこにきてないのはおかしい、と踏んだ。ほな与一の家の棚にあったがな、お前の継いだ香炉が。可哀想《かわいそう》だが与一もお前を匿《かくま》った咎でしょっ引いた」

「そんな、あんまりです」

「お前にとって、あんまりなんは紫乃やで。泳がしたら、ちゃんと平助のいるところまで連れてきてくれたんやさかい。おおきに坊守はん」

「なんということ。平助さん、堪忍」

「平助、一緒にこい」

「平助さんには何の罪もありません。すべてはわたくしが、やりました」

「そんなことはどうでもええ。俺は大江様のおっしゃることに従うだけや。紫乃、お前にはいずれ沙汰があるやろ」

その言葉を聞いて紫乃様は、懐から小柄《こづか》を取り出し、鞘《さや》を抜いた。

「何をするんや」

「紫乃様」

「近づかないでください」紫乃様は、喉《のど》に小刀の先を突きつけたまま井戸へ向かってゆっくりと歩き出しました。それを長吉は提灯の明かりで追います。紫乃様の顔は真剣で、いまにも刃はほの白い喉を切り裂きそうでした。

「やめてください、紫乃様」私は両手を伸ばして身体を前に進めます。

「こないで、平助さん」

「ええ加減にせえ。どこまで手間をかけたら気が済むんや」業を煮やした長吉は、脱兎《だっと》のごときすばしっこさで、紫乃様の腕に摑《つか》みかかりました。

「いや」

「物騒なもんこっちへ」長吉が提灯を持っていない方の手で、細い紫乃様の腕をねじ上げますが、小刀は放しません。「しぶといおんなだ」

長吉が持っていた提灯を地面に落とし、両手を使おうとしたその瞬間、紫乃様は小刀を頭上に放り投げたのです。

小刀がきらきらと月明かりに舞ったかと思うと、井戸の中に落ちていきました。それを長吉が顔で追ったとき、紫乃様が長吉の腰帯を摑んだのが見えたのです。

「紫乃様」

「平助さん、堪忍」と聞こえて、紫乃様が自分の身体を井戸の中へ投じ、摑まれた長吉は「何だ、何をする」と叫びましたがすでに遅く、二人の姿は井戸の中へと消えてゆきました。「し、紫乃様」私は声にならない声を振り絞ったのですが、その場に突っ伏したまま動けなくなりました。

それでも震える足を一歩、また一歩と前に運び、井戸の縁までたどりつき、怖々《こわごわ》中を覗いたのです。穴は漆黒の闇《やみ》で、二人の人間を呑《の》み込んだはずなのに物音一つしません。しばらくたってから狼《おおかみ》の咆哮《ほうこう》のような声が微《かす》かに井戸から聞こえたような気がします。けれどもそれっきり、また元の静寂に戻ったのでした。

ここまでが私の拙《つたな》い物語です。

その後は器用さを利用して「虚無僧掟書《こむそうおきてがき》」を偽造し、天蓋《てんがい》をつけ虚無僧姿に身を隠して京の北部の山へ分け入り、丹後《たんご》丹波《たんば》を経巡る旅に出ました。武家しかゆるされない虚無僧でも掟書さえあればどうにでもなるものです。

ただ不思議なことに、井戸の縁に紫乃様の小柄と匂袋、そして私の煙管が落ちていて、心中したとの噂がどこからともなく広まっていきました。

長吉は、袖《そで》の下を要求して諍《いさか》いごとがあったということで、複数の渡世人と揉《も》めていたとか、それが原因で行方《ゆくえ》をくらましたのではないか、と町年寄の勘助が言い出し、自分も脅かされていたが、これからは安心して八百屋を続けられると主張したそうです。

長吉の悪行が白日の下に晒《さら》され、下手人を匿った咎で調べを受けていた与一様は無事に放免されました。実は私がこうして生きていられるのも与一様の計らいです。その辺りは詳しくお伝えできません。

あの夜、照悟様の死を知らせてくれた小坊主の善照は、紫乃様がお輿《こし》入れの際にご持参なされた茶碗をしまう桐《きり》の箱を受け取っておりました。それを私に必ず渡すようにと言われていたのです。私が心中したと思った善照様は、形だけの葬式を行ってくれた与一様に箱を持ち込んだとのこと。

箱は、私が継ごうとした茶碗が入っていたもののようでした。代わりに短い手紙と手のひらほどの大きさの巾着袋《きんちゃくぶくろ》が入っていました。

平助様

これを読まれるとき、わたくしはこの世におりません。好いて下さる殿方を狂わせてしまうわたくしは、宿業《しゅくごう》の深きおなごです。謡曲、求塚《もとめづか》の菟名日処女《うないおとめ》のように、鉄鳥と化した鴛鴦《おしどり》に頭をつつかれ髄《ずい》を食べられても仕方ないと思っております。純真無垢《むく》な平助さんを辛い目に遭わせてしまいましたが、それもおしまいにします。鉄輪の井戸に身を投じ、わたくしという悪縁を切ることこそ最後の役目と存じます。

巾着に入っているのは、鉄心が手に入れたという甲賀に伝わる毒です。濃茶と石見銀山を混ぜて地中に埋め茶壺《ちゃつぼ》にて熟成させたもので、茶に混ぜても気づかれることはないという恐ろしい毒です。すべてわたくしのやったことだという証拠となりましょう。

最後になりましたが、お礼を申し上げます。短い間ではございましたが、あなた様にお目にかかれて紫乃は楽しゅうございました。さようならこれにて。

かしこ

丹波丹後、播州《ばんしゅう》を巡って十七年、再び都の土を踏んだのは、善照様が浄真善寺の住職となっていることを与一様から伺ったからです。善照様は私の継いだ茶碗を、桐の箱に納めてあたかもお骨のように回向《えこう》されておりました。巾着については、猛毒ゆえ川にも流せず、燃やして毒煙にすることも恐ろしいということで、厚手の茶壺に入れてお寺の墓地の東南の外れ、楠《くすのき》の下に埋めたそうです。

私は善照様に、己が罪業をいかにすればいいのかと問うたところ、この金継ぎ茶碗にまつわることを洗いざらい吐き出すのです、とお答えになりました。それによってしか誰も救われないと。何より紫乃様のために、ここにすべてを書き記したのです。

茶碗継ぎ　平助

18

「で、最後に『結』と題して、こんな文章が付けられています」

菜緒はプリントアウトした紙片を美千香に向けた。

これらみなの物語
りは真実なり本の
因《いん》は夫婦のいさか
いにのみ在《あり》しと見
えど真《まこと》の因人の業
なり懇《ねんご》ろに弔い諸《もろ》
々《もろ》の罪業消滅せん
との願をここにい
たすものなりやと

「なにそれ？」

「行分けも原文そのままだそうです」

「お経でもなさそう。喉、大丈夫？」

美千香がビールを飲むように促した。

「何か、力が入っちゃいました」

菜緒は温《ぬる》くなったビールを喉に流し込む。乾燥した喉に行き渡る気がした。

「お疲れ。最後の詩みたいなのも含めて、確かにお芝居みたい」

「うまく訳してくれてるんだと思うんですけどね」

チーズを口に入れる。

「まあその辺りはやっぱり作家ね、久米さん」

「鉱脈だって興奮されたのも分かります」

「ほんと、嗅覚《きゅうかく》は鋭いと思う。でも昔はドメスティックバイオレンスなんて概念ないから、女性はひたすら我慢するしかなかったんでしょうね。紫乃さんが一服盛りたくなる気持ち、分かる」

「とくに私は、身につまされますよ」

美千香には離婚の際に相談にのってもらっていたので、菜緒が受けた暴力の細かい部分まで知っている。

「それって殺意？」

「自分でも嫌になっちゃいますけど、消えていなくなって欲しいと思いました。ずっとという訳じゃなくて一瞬一瞬で変化するんです。私自身に危害を加えたり、一樹に手を出そうとしたときは死んでくれればいいのに、と思いますけど、彼が悲しそうな顔したり、反省の言葉を口にしたりすると哀れに思えて」

「私が何とかしてあげないといけないって思うんでしょう」

美千香が菜緒が言う前に、さっと言葉を継いだ。

「そんな感じです。鬼になりきれない」

「私もヤツと別れるとき、哀れんじゃったわよ」

美千香の婚約者が、別の女性といい仲になって決別したと聞いている。

「それに、久米さんの奥さんも……腕に痣を見つけちゃって」

「え、まさか久米さんが？」

「分かりません。私自身、この話にのめり込んでいるからなのかも。思い過ごしだったらいいんですが」

「そう。久米さん、奥さんのこと、糟糠《そうこう》の妻ってよく書いてたのに」

「ええ、二人で苦労を供にしたって。紫乃さんの場合は、女性の辛いことをだいたい経験してますよね」

家のために結婚し、浮気され暴力を振るわれ、病気をうつされて子供の産めない身体になって、また家の犠牲になる女性。相手を責めればいいものを、自分ばかりに非があると思い詰めていく。

紫乃は心から笑ったことがあったのだろうか。楽しかったのは、平助と話している時間だけだったかもしれない。

「なんか寂しい人生よね。だいたい死んでからあの世へ行っても、何？　鉄鳥と化した鴛鴦が頭の髄を食べるってあんまりじゃない。ちょっとグロいし」

「謡曲『求塚』に出てくるんです。これも久米さんの解説では、女性にとって不幸な物語であることに変わりありません」

菜緒は、久米の資料を見ながらざっとあらすじを話す。

「謡曲の元になったのは万葉集の長歌で、それを発展させたのが大和物語《やまと》。謡曲と少しずつ異なるそうですが、主人公はどれも現在の神戸、芦屋《あしや》に住んでいた菟名日処女《うないおとめ》です。この女性が二人の男性に見初《みそ》められ、同時に求婚されちゃう」

「モテる女性ね」

「いまなら、モテ期なんて喜んでられますけど、万葉の時代です。どちらかに決めて、はっきりさせないといけません。そこで生田川《いくたがわ》の鴛鴦を矢で射貫《いぬ》いた方を選ぶなんて難題を出すんです」

「求婚にはつきものの難題譚《たん》ね。で、結果はどうだったの。もう一本飲んでもいい」

「ええ、どうぞ」

「自分でやるから続きを話して」

美千香が冷蔵庫から缶ビールを出してテーブルに戻るのを待って、菜緒は再び話し出す。

「弓の腕も互角だったようで、二人とも一羽の鴛鴦に矢を当てることができたんです」

「あらまあ」

「一人の矢は鴛鴦の頭、もう一人の矢は尾を射貫いちゃった」

「即死だ」

「ええ。結局菟名日処女は悩み抜いて、罪深き身を恥じて川に身を投げます。その身を引き上げて土中に葬り、その塚の前で二人の男は刺し違えて死んじゃう」

「二人とも、よほど好きだったんだ」

「で、死後の世界では二人の男性を死なせ、鴛鴦《おしどり》の命を弄《もてあそ》んだ罪で」

「鉄鳥に頭の髄、か。痛そう」

美千香は自分の後頭部を手で押さえ、首をすくめた。

「紫乃さんが菟名日処女に自分をなぞらえたのも分かります。三名の男性から思われて、その人たちを自分が狂わせたと思ったんですから」

「構造的に似てるし、的確な比喩《ひゆ》だわ、求塚というのは。当時の人にとっては基本的な教養だったの？」

「謡をしている人には当たり前の知識でしょうね。いまに残る歌碑なんかがあるところを見れば、案外ポピュラーな話なんでしょう。神戸市東灘区《ひがしなだ》御影塚町《みかげつかまち》には史跡処女塚《おとめづか》古墳、東灘区住吉宮町《すみよしみやまち》の求女塚《もとめづか》東公園内には求女塚之碑があるそうです。写真もあります」

「公園に石碑か。そういうのを見ると現実なのか虚構なのか分からなくなって、妙な気分になるわ」

「平助の書き付けも、継がれた茶碗を実際に見ると同じような気持ちになってきます」

菜緒は茶碗の写真を見せた。

「教科書や歴史書には載ってない、生の資料だもんね」

美千香がじっと茶碗を見つめて、ふと顔を上げ、

「ねえ、なぜこの書き付けを遺《のこ》したのかしら。『開』の部分を貸して」

美千香に原稿を渡すと、

「ここに『いかに人心を惑わす不届き者、罰あたりめという誹《そし》りを受けたとしても、書き残さねばならない真実があります。そうすることで私は、仏罰から逃れ、厚かましくも来世も人身を受けたいと企《たくら》んでいます』とあるけれど、ここでいう真実って何？」

と尋ねてきた。

「紫乃さんが旦那に毒を盛っていたことによって、水死した事件のことじゃないですか」

「殺人事件の真相を記すことで、仏罰から逃れるっていうのが分からないの。だって紫乃さんがそれを告白すれば、というか懺悔《ざんげ》の気持ちを表すのなら話は分かるんだけど」

懺悔の文章となり得ない、と美千香は主張した。

「平助さんに遺した最後の手紙はどうですか」

「あの数行のためにこんな長文を書いたっていうの？　それに楽しゅうございましたなんて書いてあるのよ、懺悔に思える？」

「懺悔とは思えないですね。でも久米さんも訳を始めてから、何度も自問自答してきたようですよ。書き付けは何のためにとか、誰の懺悔なのかって」

「それでどうだって？」

「来世も人間に生まれ変わるべく、真実をすべてさらけ出したんだって」

「平助さんに都合がいいわね。なんか引っかかるわ。それが表紙？」

美千香の視線の先には原本の表紙のコピーがあった。

「それって家紋よね。どこかで見たような気がする。裏表紙は何もないのね。下の方に文字があるけど」

「どこです」

菜緒は裏表紙の左下にある墨字に目を凝《こ》らす。原本の本文ほど崩されていない文字は、菜緒にも何とか読めた。

「鍵《かぎ》、五辺二十五寸、梅花、径。直径と半径とか言うときの径という字です」

「またまた分かんないものが出てきたわね。鍵五辺二十五寸梅花径って何のことよ」

「梅花……表紙の紋、北野天満宮で見た梅の紋じゃないですか」

「梅の紋か。表紙の紋の寸法をわざわざ裏表紙に載せなくてもいいのに。ああもう訳が分からなくなってきた。ビールが回ったわ。私、ここで寝るね」

美千香はソファーに横になってしまった。

菜緒はテーブルの上に散乱した原稿や資料をクリアファイルにしまい、食器とビールの缶をキッチンにもっていった。

江戸時代の京都で起こった殺人事件というと生々しいけれど、それほど切迫感を覚えないのは芝居がかった言い回しのせいなのだろうか。

菜緒はそんなことを思いながら、皿とグラスを洗う手の泡をじっと見た。

19

九月の半ば、菜緒は美千香と共に京都駅にいた。一樹は美千香が泊まっていった次の日から、少し態度が変わった。お祖母ちゃんにきてもらっていい、と言い出したのだ。

美千香は自分が行ったカウンセリングの効果が出たと主張し、半ば交換条件のように久米を紹介しろと要求してきた。がぜん書き付けに興味を持ち、真剣に京都特集を組むつもりでいるらしい。

「鉄輪の井戸、求塚、ゾクゾクするじゃない」

とすでに編集者モードになっている。

菜緒にとっても美千香と仕事ができるのは光栄だし、彼女の感受性や鋭い観察眼はたのもしかった。元々玉木が仕組んだ菜緒への助け船なのだから、久米と引き合わせようと文句はあるまい。

九月も中旬となると、残暑は一段落ついているはずだった。しかし京都は相変わらず蒸していた。

久米の家にいく前に、美千香は伏見稲荷《いなり》の千本鳥居を見たいと言い出した。そのため約束の時間の三〇分前に神社に立ち寄ってから訪問する。

「本当に稲荷から近いんだ」

と美千香は久米宅に着くと神社のうっそうとした森を振り返った。

「時代小説を書く環境は抜群です」

「ムック本の色目も、朱色の鳥居と紅葉、秋の感じが出ていいわ」

「久米さんの優先順位は、うちの小説が先ですからね」

思わず釘《くぎ》を刺さねばならぬほど、美千香が興奮しているように感じた。

束ねた長い髪を後ろ手で整えながら、美千香は軽くうなずく。

インターフォンを押すと、いつものように木綿子が門扉まで出てくる。かなり化粧が濃く、やつれかたが普通ではないように見えた。

木綿子に美千香を紹介して、

「その後、お身体はいかがですか」

と菜緒は尋ねた。

「暑さがそれほどでもなくなりましたから、もう大丈夫です」

「そうですか、安心しました」

とても大丈夫そうには見えないけれど、それを正直に口にする訳にもいかない。

例の客間に二人は通され、少し待つと眼鏡《めがね》クロスで眼鏡のレンズを拭いながら久米が部屋に入ってきた。

菜緒と美千香が挨拶《あいさつ》を済ませると、

「少しずつ書き始めてますよ」

そう不満げに言いながら久米は座った。

「それはありがとうございます。お伝えするのが遅くなりましたが、翻訳原稿、面白く拝見しました。それにしても平助は達者な文章でしたが、相当久米さんが手を加えておられますよね」

「原文にはカギカッコもないですし、古い言葉はできるだけ現代風なものに置き換えてますが、それほど加筆はしてないつもりです。生まれ持っての文才があるとしか、僕には思えなかった。あの、加地さんは歴史ムック本の版元の方ですね。僕は提灯記事のようなものは書けませんよ」

久米は不機嫌そうな顔で美千香を見た。

「私の作るムックに提灯記事はまったく要りませんので、ご安心ください」

美千香がきっぱり言った。

「広告主が承知しないでしょう?」

「広告主は大手旅行代理店とか、旅行カバンのメーカー、シューズ、トラベル用品、鉄道会社が大半を占めてます。自社製品やブランドをよほど攻撃すれば文句も出るでしょうが、それ以外は久米先生のお好きなように書いていただいて結構です」

「じゃ、その辺りは自由に書いてもいいんですね」

「もちろんです。雑誌の発売時期は、ちょうど至誠出版の書籍が店頭に並ぶときに合わせようと思ってますので、ざっとスケジュールを決めたいと思って。風見さんに無理を言って先生をご紹介いただいたんです」

「そうですか。で、僕に何を書けとおっしゃるんですか」

「企画のすべてが決まっている訳ではないのですが、京都にある縁切り伝説について久米さんのお考えを書いていただけないかと思っています」

新幹線の中で考えていた企画の一つを美千香は口にした。

「縁切り。あなたも書き付けを読まれたんですか」

久米がきつい目を美千香に注いだ。

「読んだというより、物語を伺いました。私も元至誠出版の編集者だったんです」

菜緒はタイミングよく、

「申し遅れましたが、ムック誌上での宣伝をしてもらうことになっています。リンクしてより多くの読者をと考えてまして」

と主旨を伝えた。

そのとき木綿子が茶菓子を持ってきた。目の隈《くま》は化粧では隠しきれず、襟足の白髪が目立った。深々とお辞儀をして、立ち上がる瞬間ちらっと胸元が覗いた。鎖骨《さこつ》のやや上に痣らしきものがあったのを菜緒は見た。さらに台所に消える後頭部に十円玉ほどの脱毛部分も見つけてしまったのだ。それは菜緒の座った位置から見上げる形になったから見えたが、通常では髪に隠れている場所だった。

「風見さん、どうかしました？」

久米が菜緒に訊いた。

呆然《ぼうぜん》とした顔をしていたにちがいない。

「先ほどお尋ねしたら、身体は大丈夫だと。元気になられてよかったですね」

しどろもどろで自分でも何を言っているのか分からなかった。

「最近、通い始めた整体が合っているのか、調子はいいようです」

「そうなんですね。仕事の話に戻りますが、ムック本とタイアップすることで、例えば小説で登場する鉄輪の井戸に読者が出かけ、スマホで写真を撮るとポイントが得られる。そんな読者参加型の仕掛けができないかと模索してます」

「小説もそこまでしないと売れない時代ですか」

「そんなこともないんですが、間口を広げないといけないのは確かです」

「時代、ということですね」

「作品の方は書き始めていただいているということですけれど、脱稿はいつぐらいになりますでしょう」

「あと三週間ほどいただければ」

「ということは構想はできているということですね」

「まあ」

「書き付けをどう料理されるのか、まだ伺ってなかったのでお聞かせいただけるとありがたいんですが」

　平助の書き付けを下地にしてどこまで膨らませることができるのかが久米の復活の鍵といってもいい。いや、書き付けからどんなテーマを引き出してくるのか、編集者として楽しみでもあった。

「それは、もう少し形になってからの方がいいでしょう。三週間、いや一月《ひとつき》待ってもらえれば、全部を読んでいただけるんですから」

久米は眼鏡を外して、またクロスで拭き出した。

「それはそうなんですが……」

「部長が何か言っているんですか」

「ええ、まあ」

玉木のせいにした。

「僕から直接話しましょうか」

と久米が眼鏡をはめた。

「いえ、久米さんのお手を煩《わずら》わせるなんてできません。分かりました、私から何とか言います。それより楽しみにしております」

今日は、どうも上手《うま》くない。

菜緒は隣の美千香を一瞥《いちべつ》した。

「久米先生、質問、いいですか」

美千香が訊いた。

「どうぞ」

「茶碗の書き付けのことですが、紫乃さんの殺人を暴露したものととっていいんですか」

「暴露とはやや違います。贖罪《しよくざい》とか懺悔とかいうこともあるでしょうが、もっと簡単に言えば、平助は紫乃の殺人が仕方のなかったことで、いまで言う情状酌量《しやくりよう》の余地があることを書き残しておきたかったんだと僕は考えています」

「夫と長吉の二人を殺害したことに対する情状酌量」

「長吉が平助をしょっ引けば、間違いなく打ち首でしょう。自分では死ぬ覚悟ができています。しかし平助は何の罪もないんですから、紫乃は何とかしたいと思った」

「夫の方は自分が助かるため、長吉は平助を助けるための犯行だということですね」

「何が引っかかるんですか」

「事件の顚末《てんまつ》を平助が書き残したことが、何だか妙な気がしているんです」

「どうしてです？」

久米が身体を乗り出し、座卓に肘《ひじ》を突いた。

「茶碗の書き付けです。茶碗にまつわる話であることが前提ですね」

「ええ。茶碗は紫乃の遺品であり、あるいは茶碗そのものを遺骨のように大事に思っているということじゃないかな」

「それはそうですが、犯罪の証拠でもあります、継がれた茶碗は。それを後世に残すことに違和感を持つんです」

「犯罪の証拠、か」

深くうなずき、腕を組む。思案するときの久米の癖だ。

「しかも、それを裏付ける文章まで付けているんです。恥をそそぐどころか、夫に毒を盛った茶碗だと暴露して、罪深き女性像をイメージさせてませんか」

「加地さんの解釈はいかにも現代風です。江戸時代の人間は、罪を隠匿《いんとく》して死ぬより、すべてを正直に打ち明けることこそが罪滅ぼしになると信じていたんでしょう。それは風見さんにも以前に申し上げた。そうですね、風見さん」

菜緒は、やはりここ久米の家で、彼が言った「多くの善人たちは霊や魂の存在を信じ、神や仏への信仰を持っていたと思うんです。つまり、見えないものへの畏怖《いふ》の念があった」という言葉を思い返していた。

「ええ。でも久米さん、書き付けが暴露しているのは、平助のことではなく紫乃の犯行ですね」

「お忘れですか、風見さん。平助は人妻、それも住職の坊守さんに恋愛感情を抱いたんですよ。書き付けの題名は何でした？」

「茶碗継職人恋重荷、です」

「そうでしょう？　すべては叶《かな》わぬ恋心を抱いたことへの懺悔です。それともう一つ、心中したのが自分じゃないことへの悔恨の情が込められている」

強い口調で言うと久米は髪をなでつけた。

「あの久米さん、私からも質問があるんです」

菜緒はクリアファイルから一枚のコピーを取り出す。

「一番最後の『結』として書かれたものですけど、これは何でしょう？　詩のように行分けされていますね」

「それね。おっしゃる通り定型詩ではないかと思ってるんですがね」

「これは真実ですよって言っているだけの内容です。わざわざ行分けする意味があるんでしょうか」

「それについては、僕も分からないんです。謡の感じでもないしね」

「そうですか」

「不明な部分は、何も無理に小説で使うこともないから、安心してください」

と、目だけで久米が微笑《ほほえ》んだ。

20

菜緒と美千香は一旦《いったん》京都駅に戻って、そこから徒歩で鉄輪の井戸へ向かっていた。かなりの距離があるけれど、美千香が歩きたいと主張した。

「私、また見ちゃったんです」

菜緒が道順をうろ覚えだと言ったせいで、美千香はスマホの地図を見ながら歩いていた。烏丸《からすま》通を北へ向かう。東本願寺の向かい側にあたる道路には仏壇仏具店や、全国から檀家《だんか》が宿泊しにくる旅館が軒を連ねていた。

「久米さんの奥さんの痣」

「本当に」

美千香がスマホから目を離し、

「どこに？」

小声になった。

「この辺です」

自分の左鎖骨の上を指で摩《さす》った。

「ほとんど首じゃない？」

「それだけじゃないんです。他にも気になるところが」

「どこなの」

「後頭部です。たぶん円形脱毛症じゃないかなと思うんです」

そこまではいかなかったけれど、離婚で悩んだ時期に脱毛したことがあったと、菜緒は言った。

「何を？」

「疲れた顔だとは私も思ったけど、そこまで参ってるんだ、奥さん。鴛鴦《おしどり》夫婦が聞いて呆《あき》れるわね」

と強い口調で言うと、美千香の歩く速度が上がった。

大きな通り、七条通を右に折れて東《ひがしの》洞院《とういん》通を再び北へ歩く。

「難しいですよね、気づいたとしても」

「夫婦の問題だもんね」

「平助もこんな気持ちだったんでしょうか」

住職という尊敬されるべき職業につき、また評判も悪くない男性が、か弱い妻に暴力を振るっていることに驚きとやるせなさを感じたにちがいない。同時に、それを口に出しては言えないもどかしさに苦しんだ。

「恋愛感情があったんだから、私たち以上に辛いわよ。カザミンは納得した？　久米さんの説明」

美千香が訊いてきたのは、平助が坊守に恋したことへの贖罪として書き付けを残したという解釈のことだ。

「まあそんな解釈もあるんでしょうねって感じです」

「私はやっぱり解せないわ。三好《みよし》先生に訳してもらったんでしょう」

三好は国文学者で古文書や崩し字の解読が専門だった。原書のコピーがある箇所については解読を依頼した方がいいのではないかと、美千香が提案してくれた。

「頼んでからすぐに解読してもらってます。結果は三日ほど先になるということでした」

「そう。超訳の部分、つまり久米さんが加えた虚構箇所を外して、もう一度吟味すれば、別の何かが見えてくるかもね。どっちにしても、あれほどの長文を残す意味が、恋の懺悔だなんて私は思えない」

「じゃあ、紫乃さんの犯罪の暴露ですか」

なぜか皮肉な言い方になってしまった。

「そうよ。そうとしか考えられない」

「恋してるのに？」

「題名も気にくわない。気にくわないっていうのは、ダメだっていう意味じゃないのよ。カザミンが芝居がかったって感じたのと同じように、私は言い訳がましいって思った。編集者的な言い方だと、そうね、説明的だってことかな」

「素人ですから、平助さんは」

「それは認める。読む人に分かってほしいから、どうしても説明的にならざるを得ないのよね。カザミンなら削除しちゃう箇所が幾つもあった」

「美千香さんの方が容赦なく、ばっさりやっちゃうんじゃないですか」

刀で切る格好をして見せた。

五条通を越えて、万寿寺通の表示を見たところから、菜緒にも記憶がはっきりしてきた。そこからは二筋ほど東を左折すれば井戸は近い。

「とくに、どこ？」

美千香がさらりと質問した。

「急に言われても、思いつきませんよ」

自分は何度となく原稿を読み返しているのに、編集者としての目を注いでこなかったのか、美千香の問いに答えられない。

「私は、真っ先にあそこ」

「どこですか」

菜緒は驚いた声を出してしまった。

「いろいろあるけれど、習い事の部分と算術ね。算術は自慢話だし、鼓《つづみ》の箇所は用語の解説がしつこい。あんなに説明されると興ざめしちゃう」

「そう言われればそうですね」

全部を読み終わって分かることだけれど、本筋からはずれている感は否めない。

「素人だからしょうがないと思ったんだろうけど、そこに意図を感じるなんて言ったらどうする？」

「意図って久米さんが言う懺悔や贖罪、回向なんかじゃないって意味ですか」

「そう、もっと別なもの」

「いったい何ですか」

「うーんまだ私にも分からない。でも何かある。あれ？　ここ？」

美千香が立ち止まり、家と家との間にあって御幣《ごへい》が数本付けられた格子扉を見た。傍《かたわ》らの背の低い石柱には「鉄輪跡」とある。

「本当に狭い路地なのね」

「私なんか前きたときは、あまりに民家と民家が迫ってるから見過ごしてしまいました」

「この扉を入るのね」

「ええ。どうぞ」

「いいのかな」

と美千香が格子扉を開けて路地へと入った。

菜緒も後ろに続く。

「命婦《みょうぶ》稲荷ってあるわよ」

腰が引けたような格好で美千香が振り向く。

度胸がある美千香も、こういった類《たぐ》いのものには弱かった。怪談まがいの話をした後は、夜中にトイレに起きないで済むよう水分を控えるのを知っている。ホラー映画をテレビでみた夜、一樹もトイレに行きたいと菜緒を起こしにきたものだ。

「そのまま鳥居をくぐってみてください」

「大丈夫？　なんか出てこないわよね」

「お化け屋敷じゃないんですから」

笑い声になるのを抑えて菜緒が言った。

「これが本殿ね」

「その右側を見てください」

菜緒が指した指先に、祠《ほこら》のように祀《まつ》られた井戸があった。井戸には格子状の蓋がされている。

「これが鉄輪の井戸。思っていたより小さいのね。ネットにアップされてる写真でももう少し大きく感じた」

美千香は、蓋の格子の間から井戸の底を覗き込んだ。

「涸《か》れているのに蓋があるところが、ちょっと怖い感じがしますね」

菜緒は美千香の頭越しに声をかける。

「鉄輪伝説では女性が一人、書き付けが事実なら紫乃さんと長吉がこの下に眠っている。そんな井戸にお願い事なんてする気にならない」

「そうですね」

「たとえ遺体はなくても、多くの人が縁切りを願ってお参りしてるから、情念が井戸にいっぱいたまってるんじゃない。鳥肌、立ってきた」

美千香は頭を上げて両腕をさすった。

「写真撮ってください。このまま四条まで上がってタクシーで貴船神社に向かいましょう」

「貴船……それより、浄真善寺に行ってみない？」

浄真善寺は実在していた。スマホの地図を見ながら、書き付けを頼りに平助が商いをする様子から類推しつつ検索していくと、同じ名前の寺に行き当たった。ただ、寺の名前だけでは、江戸時代、文政年間に照悟が住職を務め、紫乃が坊守であったかどうかは分からない。

住宅街に古い門構えの屋敷を見つけた。門扉に寺の名前がなければ、鉄輪の井戸と同じように通り過ぎてしまうかもしれないほど町並みに馴染《なじ》んでいた。

「あったわね」

美千香が菜緒の顔を見た。

「ありましたね」

「取材してみましょうよ」

と美千香が鞄《かばん》からグレーの名刺入れを出すのが見えた。

「いきなり?」

「こんなのいきなりじゃないと、むしろやりにくいわよ」

改めて、どういった企画で何を取材したいかなどをまとめようとすると、久米の小説のことや書き付けのことから言わねばならなくなる。いまは浄真善寺が書き付けに出てきた寺なのかさえ確かめられればいい、と美千香が言った。

「それはそうですが」

菜緒は何を訊くべきか、頭の中を整理しないとそれこそ余計なことを口走ってしまいそうだ。

平助は、正門からではなく目立たない勝手口から境内《けいだい》に入ったのだろうが、いまは住宅が建ち並び位置がわからない。

仕方なく美千香と菜緒は開いた門をくぐった。

細い参道が四、五メートルあって、すぐ正面に本堂とおぼしき寄棟造《よせむねづくり》の建物が見えてきた。左側に受付のような外に開かれた出窓があったので、そこから美千香が声をかけた。

すぐに若い僧侶が出てきた。

「拝観はできませんが、五枚、一〇枚入りの絵ハガキを販売しております。その収益で当寺を修復させていただきますので、よろしければ」

僧侶が示したハガキには、老朽化した本堂の屋根などを修復する費用が足りません、どうぞご協力をお願い申し上げます、と書いてあった。

「購入します。あの私どもは東京で歴史のムック本を制作している出版社の者なんです。突然で申し訳ないのですが、取材をさせていただけないでしょうか」

美千香は名刺を差し出した。

「少々お待ち下さい」

僧侶は名刺を持って屋内に引っ込んだ。

「こっちの奥の方がお墓みたいね」

美千香が本堂の左側の道を覗く。水桶や柄杓《ひしゃく》が置かれた棚に墓参の方は声をかけて下さい、という小さな張り紙があった。

二人が気にしているその墓地の方向から、名刺を渡した僧侶が出てきて、

「そちらへ」

と手で反対側へ促す。

通されたのは本堂の裏に建つ庫裏《くり》の、六畳ほどの和室だった。

ここが書き付けの寺なら、庫裏の裏手に勝手口があり、そこから平助は出入りしていたことになる。庫裏の正面、本堂の裏手には鐘撞《かねつ》き堂が見えた。

菜緒は、書き付けに出てきた浄真善寺の佇《たたず》まいを頭の中で描いていた。そうしているう

ちに、平助が実際に生きていた感覚になり、さらに身近に感じてくる。

「お待たせしました」

襖《ふすま》が開き、現れたのは母親ほどの歳《とし》の女性だった。和服を着こなしている感じから、寺の坊守だろう。

「突然、すみません」

美千香がお辞儀をするのと同時に菜緒も頭を下げた。

美千香は自己紹介の後、歴史ムックの特集に京都を考えていると話した。

「早速ですが、私どもの入手した資料にこちらのお寺の名と、ご住職の照悟さんと坊守の紫乃さんのお名前が出てくるんです」

「まあ、そうですか……照悟と紫乃」

「江戸期、文化文政あたりなんですが」

菜緒が言った。

「私は聞いたことない名前ですね。調べてみれば、分かるかもしれませんが、あいにく住職は出かけておりまして」

「ではご住職で、善照という方はどうですか」

菜緒が聞き役になった。

「その名前は聞いております。当寺の住職でした」

「やはりそうですか」

「当寺は江戸の終わりに無住寺《むじゅうじ》となってやや荒れていたようです。そのときに本山からきた主人の曾祖父《そうそふ》が住職になったと聞いております。ですから、その前のことはよく分からないんです」

「無住寺に、ですか」

「ええ。それが善照上人の代だったと聞いております」

「つまり善照さんに跡取りがいなかったんですね」

「そういうことです。曾祖父の代からのことしか現在の住職も知らないんじゃないでしょうか。そちらに何か資料をお持ちなら教えていただきたいくらいです。資料というのは、どのようなものなんですか」

「お茶碗と、それに添えられていた書き付けです」

「まあ、そんなものが」

「割れた茶碗に金継ぎを施して大切にされていたんです」

「大切にしていたものが、当寺から外へ？」

「ということになりますね」

「あら、もったいないこと。継いでまで大切にしていたのなら、当寺の宝となったかもしれないのに」

「かもしれませんね」

と残念そうな声を出したのは美千香だった。彼女は一拍おいて、

「あの、墓地を見学してもよろしいですか」

と訊く。

「見学なさるほど広くないですが、どうぞ。お帰りの時、一言お声をかけてください」

そう言いながら坊守は、絵ハガキセットをそっと畳の上に置いた。

「ありがとうございます」

菜緒は値段シールを見て二千円を渡してお辞儀をすると立ち上がった。

「確か、壺を埋めたって書いてあったわよね」

外に出て墓地に向かいながら美千香が訊いた。

「それで墓地を」

「小さな事実を積み重ねていかないと、一足飛びには平助さんを信じられない。私はそんな質《たち》の女なの」

「慎重な女って言いたいんですか。そんな人が独立なんて無謀なことしますか」

「デンジャラスに生きたいからよ」

「はい、はい。さっき無住寺になって荒れたっておっしゃってたでしょう」

「曾祖父さんがくる前にね」

「そのときに茶碗も流出したのかもしれません。壺は墓地の外れの楠の下だってありましたね」

墓地に出た。結構広い感じがするが、墓石は四〇基ほどしかなかった。ぎっしりではなく、余裕を持たせて区分けしてあるようだ。

「周りは竹垣があるだけで、木なんてないわね」

美千香は墓地を見回す。

「書き付けでは、厚手の茶壺に入れてお寺の墓地の東南の外れ、楠の下に埋めたってありましたよね」

「外れ、か。東南の角まで行ってみましょう」

美千香とお墓の間を縫って東南の角まで歩く。

「外れってことは、この竹垣の外ってことかも」

美千香が背伸びをして垣の上から外を見た。

つま先立ちをしてみたが、美千香より一〇センチも背が低い菜緒には何も見えない。

「私には無理みたいです」

「たぶん駐車スペースになってるわ」

「じゃあ楠はないんですね」

「切り株がある。楠かも」

「でも駐車場になってしまってるんなら、美千香さんのお目当ては確かめられないですね」

「それがそうでもない。行ってみましょう」

美千香がきびすを返した。

寺を後にすることを受付に告げるとき、僧侶に美千香が尋ねた。

「お墓から見える駐車場は、こちらのものですか」

「そうです。ですが一般の方の駐車はお断りしています」

「そうなんですか」

今度は菜緒が、

「昔はこのあたり一帯、ここの所有地だったのですね」

と僧侶に確認する。

「ええ。一帯というほどではないですが」

僧侶が訝《いぶか》るような視線を向けてきた。

潮時だと考えた菜緒は、礼を述べて美千香の袖《そで》を引っ張るようにして正門へ向かう。

正門を出ると、二人は急いで南に向かって、初めの路地を入った。狭い道は緩やかな上りで、東山の方へ向かっているように思える。舗装されていて車でもぎりぎり通れる道だけれど、建ち並ぶ家屋の庭から伸びる木の枝が所々突き出し、邪魔になるにちがいない。

「左手がずっと浄真善寺に間違いないわよね」

息せき切りながら美千香が言った。

「だと思います。駐車場はこっちで間違ってないと思います」

「ぜひ確かめたいじゃない？　楠の下を」

「でも、アスファルトの下じゃ、どうすることもできないじゃないですか」

「とにかく現場、現場に立ってみましょう。でも日頃の運動不足が応《こた》えるわ」

「なだらかな上りって、結構辛いですよね。急な坂の方が覚悟が決まりますけど」

「何言ってるの、まだ三〇代のくせに」

「三〇代っていっても七ですから」

「四〇の壁の怖さを知らぬのじゃ、おぬしは」

「おぬしって」

「四〇の声を聞いたとたん、急な坂を転げ落ちるように体力がなくなっちゃうんだから。三七歳のときの私なら、貴船と鉄輪の井戸を往復したって音《ね》を上げなかったわよ」

美千香はあえぎながら、苦しそうに笑った。

心細くなるような隘路《あいろ》を抜けて、左に折れた。浄真善寺の裏手になり、やはり勝手口も存在した。砂利道のその先の地面にはロープで五台分の駐車スペースが区切られている。

「アスファルトじゃないんですね」

「だから現場に立とうって言ったのよ」

そこから浄真善寺の竹垣が見える。

「ほら切り株」

美千香が指さす。

「これが楠ですね」

切り株に近づき、二人は年輪をまじまじと見る。太さから相当な樹齢だということが分かる。そして株から少し出だした若葉をむしって茎の匂いを嗅《か》いだ。樟脳《しょうのう》の香りがする。書き付けにあった楠だとしてもおかしくはない。いや、そうあってほしいという願望もあった。

「カザミン、そこ見て」

「えっ、うそ」

と声を上げて、菜緒は木の根っこの一部をよく見ようとしゃがんだ。

「思い込みが激しいだけ？」

そう言いながら美千香は、切り株に座って菜緒の頭上から覗き込む。

「砂利をかぶせてますけど、不自然。誰かが、ここ掘ってます」

「砂利どけてみる？」

「はい」

菜緒は発掘調査でやるような手つきで、やや盛り上がった砂利を手で掃くように払っていく。砂利が除かれると黒い土の表面が露出した。

月のクレーターにも見える凹《くぼ》みがはっきり見て取れた。クレーターの真ん中は周りと異質で、指で触ると柔らかかった。

「そのまま掘ってみてよ」

美千香の言葉にうなずき、菜緒は同じ柔らかさの土だけを手に掬《すく》い取っていく。五センチくらいの深さに達したとき、何かに突き当たった。

「何かありますよ、美千香さん」

声が震えた。

「慎重に掘り出して」

「なんか怖いんですけど」

「そりゃそうだけど確かめずにおれる？」

「いえ。やります」

菜緒は恐る恐る土の中に手を突っ込んで、障害物の上にたまっている土を取り除く。

「茶壺？」

菜緒が漏らした。

「真鍮製ね。開けてみて」

菜緒が蓋に手をかけ持ち上げると、いとも簡単に開いた。顔を背けるほど、かび臭さが鼻をつく。

菜緒は気を取り直し、恐る恐る横目で壺の中を覗き込んだ。

「何かありますね」

壺の底に白い紙のようなものが張り付いていた。土だらけの手をティッシュペーパーで拭い、もう一度壺に手を入れて紙を破らないようにゆっくりはがして取り出した。

「あ、これ」

菜緒は千社札ほどの紙片に書かれた文字を美千香に見せた。

「鍵五辺二十五寸梅花径。またそれか」

美千香は息を吐いた。

「書き付けは事実だったってことですね」

「一体、何なのよ。妙なゲームに無理やり参加させられてる気分だわ。でも、中にはそれだけしかないの？」

菜緒は壺に手を入れて周囲を手でさぐって、

「ええ。ない、みたいです」

と答えた。

「と、いうことは、誰かが中にあった毒を持ち出したってことにならない？」

「しかも、土の柔らかさからみて、ごく最近じゃないですかね」

「ちょっと写真、撮っとくわ、壺の」

美千香はデジカメに土から顔を出した壺を収めた。

「このお札は、どうします？」

「写真撮って元に戻しておいた方がいいんじゃないかしら」

菜緒は美千香が写真を撮るのを待って、紙を壺に戻した。そして元通りに埋め直した。

21

夜一〇時過ぎ、美千香と一緒に自宅に戻った。

久しぶりに美千香と会った母は自分の友人に再会したように嬉《うれ》しそうだったし、宵《よい》っ張りの一樹もゲームをやろうとせがむ。美千香は人を引きつける何かを持っている。

彼女は疲れているにもかかわらず、母にも一樹にもハイテンションで対応してくれた。

母を迎えにきた父にさえ、時代小説の魅力を語り編集者としての助言を忘れない。

「主人公にはウイークポイントをつくってください、お父さん。ほら丹下左膳も座頭市もハンディキャップがありますでしょう」

「なるほど。敵はそこを突いてくるんですね」

「そうです。銭形平次だって、岡《おか》っ引きっていう低い地位と恋女房が弱点です」

「人情味があって腕も立つヒーローを書こうとしてましたが、考え直します」

「弱い部分が魅力になることもありますから」

そんな話をして両親は上機嫌で帰って行った。二時間ほど一樹のゲームに付き合ってくれ、一息ついたのは午前二時を過ぎてしまっていた。

「お疲れなのに、本当にすみません。みんな遠慮するということを知らないんだから、もう」

やっぱりビールを飲むことになった。冷凍の枝豆とピザを温め、乾杯をする。

「こっちこそ、寂しい部屋に帰るのいやだなって思ってたから。また泊めてもらっちゃって申し訳ない」

美千香は美味《おい》しそうに喉《のど》を鳴らしてビールを飲み、

「カザミンの考え、聞かせて」

とデジカメをテーブルに置いた。小さなディスプレイには黒土にまみれた壺《つぼ》が映し出されていた。

「正直、あの書き付けを、大人のメルヘンというか、ファンタジーのような感じで読んでた気がします。だからいまだに壺があったことが信じられないんですよ」

「それは私も同じ。申し訳ないけど、話半分、いえ、ほとんどフィクションなんだって思いながらカザミンに付き合ってた。ちょっと認識を改めないといけない」

「あの書き付けの内容を知っているのは、私たちと久米さんだけのはずですから」

「茶碗《ちゃわん》を売った弘法市の骨董屋《こっとうや》さんは？」

「売る前に内容を知っていたかもしれない人物ですね。可能性はあります」

「でもかなり読み込まないと分からないし、たくさんある売り物の一つに、そこまでするかしら。それにあの土の具合からすると、最近よ。骨董屋さんなら、もっと前に掘り返していてもおかしくない。それと」

「何です？」

「あの茶壺も江戸時代のものだってことになるでしょう。私が骨董屋なら、あの壺も持って帰るわ。売り物になるもの」

「そうか、そうですよね。あの壺、指で探ったとき割れているような感触はなかったし」

「結構な壺だった」

「じゃあやっぱり……久米さんってことになりますよ」

「カザミンが心配してた奥さんの痣《あざ》がDVによるものだとして、おかしな毒を先生が手にしていたとすれば……何これ、どういうこと？　まさかそんな馬鹿なことしないでしょうよ」

「ただの好奇心かもしれないですし」

「そうよ、そうに決まってる。平助さんの記述の信憑性《しんぴょうせい》を確認したいだけよね」

美千香の言葉に、菜緒は大げさにうなずいてみせた。

その様子を見て美千香が、

「江戸時代だから照悟さんの死因は溺死《できし》ですまされたけど、いまの科学なら、体内から毒物が検出されるわ。毒だっていったい何の毒なのかだって分かる。そんなことくらい久米さんだって知ってるでしょうよ」

と真顔で言った。

「だから馬鹿な真似《まね》はしないと、思いたいです」

菜緒は郁夫の変貌《へんぼう》ぶりを思い出していた。マンションの近隣対策、特に生活音には神経を使っていた。にもかかわらず大声で怒鳴り、菜緒の叫び声、一樹の泣き声もまったく気にせず暴力を振るった。発作が出ると、常識や思考能力を失う、と菜緒は言った。

「発作、か」

「狼男《おおかみおとこ》みたく変わっちゃうんですよ。奥さん、空元気で笑ってましたけど、円形脱毛症ができるくらいですから」

「人って不思議ね」

美千香が唐突につぶやき、食べた枝豆のさやを殻置きに捨てずに指で弄《もてあそ》ぶ。

「何がです？」

「古い言葉だけど私もダメンズウオーカーなのね。私の友達も同じような女性が多い。カザミンはそうじゃない部類だと思ってたんだけど、DV男に当たるってのもある意味そうじゃない？　同病相憐《あわ》れむっていうじゃない。何か似たもの同士って磁石みたいに引き寄せられるのかなって思ったのよ」

「DV被害の編集者とDV作家が掘り当てた鉱脈の書き付けにはDVから起きた殺人事件、確かに同類項って感じですね。なんか滅入《めい》ってきました」

同じ種類の人間がうごめく藪《やぶ》の中を彷徨《さまよ》い、このまま抜け出せないような気がしてくる。

「負のスパイラルから抜け出さないといけないわね」

「抜け出せますか」

「入り込んだんだもの、出口はある。脱出できれば、ちがう風景が見えてくるって思いたいじゃない」

「どうすればいいんでしょう？」

菜緒はピザを口に運んだ。悩んでいてもお腹《なか》は減る。

「久米先生の性格、私よりカザミンの方がよく知ってるでしょう。どうなの、そこまで危ない人？」

「うーん、どうでしょう。うちの新人賞を受賞したときの久米さん、美千香さんもご存知でしょう？　真面目《まじめ》で神経質な印象じゃなかったですか」

記者会見の際にあらかじめ質問されるであろうことをメモに書き出して準備していたのに、予想した通りにならず、しどろもどろとなった久米。その後の食事会で、ずっとそのことを気にしていた。

「そうだったわね。むしろ奥さんの方が落ち着いて見えた」

美千香の言うとおり、現在の木綿子からは想像できないほど、しっかり女房という印象だった。

「今回、久米さんに会ってどうでした？」

「そうね、何か神経質さが増した感じ。酷《ひど》く歳《とし》を取ったなとは思った。血色が悪く疲れた様子だったから余計そう感じたのね」

「もし、もしもの話ですよ。いま以上に奥さんの具合が悪くなったら、私たちはどうすれば」

「暴力が激化したらってこと？」

「毒も含めて」

むろんＤＶは犯罪だ。木綿子の身体《からだ》には、確認できた痣以外にも暴力の痕跡《こんせき》はあるだろう。けれどそれが夫である久米の暴力によるものかを明かす証拠はない。京都で起こっている夫婦間の行為を、東京にいる赤の他人が知ることには限界があった。ましてや毒物による身体の異変となればもっと潜伏化してしまう。

「確証がない限り、私たちが通報しても意味ないわ。たとえ倒れて入院したとしても、奥さん本人が否定する場合が多いから」

「やっぱり、難しいですね」

「でも、万が一奥さんが死んじゃったら、責任感じる。あっごめん、ない、ない、それはないわ、いくら何でも。フィクションの世界じゃないんだから」

美千香は自分で言って、激しく手を振って否定した。しかし、目が笑っていない。

「実際、奥さんの痣も増えてるようですし。もっと気になるのが、美千香さんも感じたように、久米さん自身が酷く疲れてる様子ですよね」

「どういうこと？」

「久米さんも鬼じゃないです。いくら憎くても、毒を盛るなんて恐ろしいことを平気ではできないと思うんです」

「つまり、加害者も傷ついているってこと？」

「そうです。そもそもＤＶに走る人って、自分も虐待体験者だったり、それを間近で見てしまって心に傷を負っている場合が多いってお医者さんから言われたことがあるんです」

「二人とも疲弊しているのが、かえって恐ろしいってことか。でも新作を発表しようとしてるこの時期にどうしてそんなこと」

復帰を賭《か》けた作品を書かねばならないというプレッシャーがあるのはよく分かる。焦りやイライラのはけ口として間違った方法をとってしまう、例えばものや人に当たることもありがちだ。しかし木綿子の具合が悪くなれば、執筆に専念する時間が減るではないか、と美千香はデジカメの壺に目を落とす。

「もしかして久米さん、書けないんじゃ……」

言いたくない言葉だった。

「書けないことの言い訳に、奥さんを利用しようとしてるって言いたいの。まさかそこまで。でももしそうなら、許せない。ねえ、こうなったら奥さんとだけ、こっそり話をしましょう。本当のところどうなのか探るべきよ。女同士だから本音が聞けるかもしれない」

「そうですね」

「ところで、やっぱりこれ、気になる」

美千香はデジカメのディスプレイをこちらに向けた。

それは、「鍵五辺二十五寸梅花径」と書かれたお札のような紙だった。

22

「とりあえず不自然な部分をすべてチェックしてみて」

菜緒は、香怜から見せられた作家志望者の原稿を前にして言った。

昨年の新人賞で最終選考に残りながら選に漏れた八幡啓《やわたけい》の今年の応募作だ。あまりに出来が悪く、どう助言すればいいのか分からない、と香怜が泣きついてきた。

その作品は、冒頭に登場するキャラクターは立っていたし、視点の問題はどうにかクリアしていた。描写力の点でも及第点に至っている。なのにスムーズにストーリーに入って行けなかった。

それは映画やテレビドラマの制作現場に不可欠な演出家の役割を担う視点に問題があったからだ。演出家は俳優の演技だけでなく、小道具やその場の空気にまで目を光らす。小説においても、そういう目が必要だ。不自然な描写は話の流れに水をさす。

太陽を背に立っていたはずの主人公の顔に影がなかったり、行灯《あんどん》の明かりしかない屋内で小さな文字が簡単に読めたり。これらは小さな綻《ほころ》びだが、連なっていくと荒っぽい印象を与えてしまう。反対にきちんと不自然さを取り除いていくと、精度は上がっていく。

「相当な数、あるんですけど」

不満げな声を出し、香怜は原稿をパラパラとめくる。

「校正する必要ないからね。大きく丸で囲って、不自然、再考って書いていけばいい。作者に考えさせないとダメだから」

「丸だけでいいんですか」

「校正というか提案でもしようと思ってたの？」

「そうしないと分からないかなって」

「それは八幡さんがデビューしたらしてあげて。でないと他の応募者に不公平になるわ」

「そうですよね。ありがとうございます」

香怜がデスクに戻った。

菜緒は、自分のデスクの上にある久米の原稿に視線を戻す。朝から、幾度となく読み返していたが、掘り返された壺がちらついて仕方なかった。

こうしている間も、木綿子に何か危害が加えられていないだろうか。お茶に混ぜた石見《いわみ》銀山《ぎんざん》を飲まされていたらどうしよう、とつい心配してしまい仕事に集中できない。

木綿子に直接確かめてみるべきだ。

菜緒は、思い切って久米の携帯ではなく、久米家の固定電話に連絡をとることにした。

木綿子が電話に出て、取り次ぐことが多いからだ。
三、四回のコールののちに電話がつながった。
「もしもし、久米でございます」

と、木綿子が出た。いつも、なぜか受話器をとってから一拍の間がある。

「お世話になっております。至誠出版の風見です」

「あの、主人はいま出かけておりますが」

「いえ、今日は、奥様にお話がありまして」

「私に、ですか」

声のトーンが高くなった。

「そうなんです。実は先生には内緒で一度お目にかかりたいと思うんですが、難しいでしようか」

「主人に内緒というのはどういったことでしょう」

声が怯《おび》えているのが伝わる。

「あの、作家を支える妻の本音みたいなことを新作紹介コーナーに載せたいという企画が上がってまして」

上手《うま》くない嘘《うそ》だけれど、いまは約束を取り付けることが最優先だ。

「私でお答えできるのでしたら」

「大丈夫です。私はデビュー以来久米ご夫妻を見てきておりますから。それで急な話ですが、明日か明後日《あさって》に、二時間ほどお時間を取っていただきたいんです。京都まで伺いますので、場所と時間を指定して下さい」

「本当に急なお話ですね……主人に内緒なんですよね」

「ええ、申し訳ないのですが、内密に」

「二時間ほどですね。分かりました、明日の三時、京都駅前ホテルのラウンジはいかがでしょう」

「ありがとうございます。久米先生の方は大丈夫ですか」

「整体治療院に行くと言えば、どもないと思います」

「ではよろしくお願いします」

電話を切ってから鼓動が激しくなった。秘密裏に調査を開始してしまうことは、少なくとも久米側ではなく、木綿子側に荷担したようなものだ。もう後戻りはできない。

玉木が、菜緒の度重なる京都出張をだんだんよく思わなくなっているのが分かった。それでも久米に新作を書かせるためだと説得して、京都に向かうしかなかった。

菜緒が訊《き》くのではなく、できるだけ自分から話すように持って行く。それまで我慢するのよ。新幹線を降りるときした電話での美千香の助言だ。

分かっちゃいるけどそれが難しいのよ。

心の中で軽口を叩《たた》き、待ち合わせのラウンジへ向かう。

エスカレーターで昇るとガラス張りのラウンジが見える。そこの窓際に、ねずみ色のカーディガン姿の木綿子がいた。できるだけ分かる位置に座るようにすると言っていたのだ。ラウンジは弘法市を思い出させるほど、観光客でごった返していた。その中を菜緒は急ぎ足で木綿子の席へ行く。

挨拶《あいさつ》を交わして席に着き、菜緒はアイスコーヒー、木綿子はアイスティーを注文した。

木綿子の髪のボリュームが増えていた。円形脱毛症を隠すウイッグにちがいない。左手首を見てドキッとした。包帯を巻いていたからだ。

「あの、お怪我《けが》ですか」

「うっかりもので、ヤカンのお湯で」

「火傷《やけど》ですか、いけませんね」

「だいぶんよくなってるんですけれど、袖《そで》とかに触れるとヒリヒリしますんで。でもこれはたいそうでしたね。……あの、それでどんなことを質問されるんでしょう？」

取材なんて不慣れなものなので、と照れながら、木綿子は包帯の上に手のひらをかぶせた。

「固くならないでください。一四年前に新人賞を取るまでと受賞されてからの久米先生の変化を間近でご覧になっていた唯一の方です。大変だったこと、嬉しかったことといろいろあったと思うんですが、どうでした？　先生は変わられましたか」

「それは、かなり変わりました」

「どんな風に？」

「新人賞をいただくまでは焦りがあったのか、週末はとてもイライラしてました。でも受賞して本が店頭に並んでからは、焦りはなくなったんじゃないかと思います」

「イライラがなくなったということですか」

「落ち着いて、資料調べとかをするようになりました。本当に受賞はありがたかったです」

木綿子が小さく頭を下げた。

「いえ、デビュー作から三作続けて重版させていただき、こちらも助けられました。それからしばらくして、さまざまな文学賞にノミネートされましたけれど、残念ながら受賞に至りませんでした。そのときの様子、傍《そば》で見ていてどうでした」

「もの凄《すご》く落ち込んでました。三度ノミネートされた後まったく名前が挙がらなくなってからは、五月の終わりに刊行した本は、どうやっても六月初旬に発表される最終候補に残れないじゃないかって怒ってました。アンケートだろうが推薦だろうが、読む時間があるわけないって、そりゃあもうブーブー文句言い出して」

「一日でもそうとうな数の新刊本が出ますから、三度のノミネートでも凄いことなんですけれど。その後、急に小説をお書きにならなくなったのは賞への不満からですか」

「分かりません。書斎に入っては、唸《うな》ってばかりいました」

この間に、小説家の繊細な神経が限界を迎えたのかもしれない。

「唸ってるだけですか。たとえばお酒の量が増えるとか、物に当たるとか」

「酒量はかえって減りました。飲んでしまうと依存症になってしまう、と自制してたようです」

「約五年ぶりの新刊を出させていただくんですが、再び小説をと思ったきっかけは何です？」

「書かないといけない、とはずっと思っていたんです。それで古書店やお寺巡り、図書館通いをしてたんです。でも……」

「めぼしい題材が出てこなかった」

「ええ。それであれを、お茶碗を見つけたんです」

お茶碗を見つけたとき、木綿子に凄いものを見た、と興奮して電話をしてきたそうだ。出版社に話をすると鼻息も荒かったらしい。

「この間からずっと、茶碗継ぎ職人の書き付けを現代語訳にしていただいてます。どうですか、最近の先生の様子は」

「そ、そうですね、少し肩の力が入り過ぎなのかもしれません」

このとき、木綿子は明らかに怯えた目をした。

アマチュア時代、新人賞受賞、文学賞へのノミネート、そして書き付けとの出会いと話してきたが表情に変化はなかった。

暴力は、新作に取り組むようになってからかもしれない。

「先生に力みがあるのは、私も承知しています。書き付けが題材として、また資料として一級品ですから余計に。五年の空白を何としても埋めようとされるのも編集者として理解できます。でも、過ぎたるは何とやらで」

「よくないことだと私も感じているんですが、どうにもならなくて」

木綿子の顔が険しくなったと思ったら、激しく唇が震えてきた。

「奥さん？」

「私は、役立たずなんです。主人の手助けにならない」

「何かあったんですか」

やっとしたかった質問ができた。

喉の渇きを覚え、アイスコーヒーにシロップとミルクを入れてかき混ぜ、ストローで吸う。彼女にも喉を潤すよう促し、菜緒は身構えた。

「すべて私が悪いんです。私は小説のこと一生懸命勉強したつもりなんですが、実のところ何も分かっていないんです」

「どういうことか、教えてもらえませんか」

「とても悩んでいるのが分かるんです。五年前まではよく小説の構想なんかを話してくれたんです。でも、この頃は何を訊いても、うるさいと邪険にされて、挙げ句口出しするなと怒鳴られて」

と、ついに木綿子の大きな目から涙が落ちた。

「先生が怒鳴ったんですか」

もう少しで本音が聞き出せる。

「そうです」

「信じられません、あの久米先生が」

自分の言葉の白々しさを隠すように、菜緒はハンカチを差し出した。

木綿子はそれを首をふって断り、自分のバッグからハンカチを出した。

「それもいままでになかったことだったんで、私、もう足がすくんで」

「まさか、とは思うんですが、手を上げたなんてことは？」

慎重な訊き方をしたけれど、これでは木綿子に言わせたことにならない。胸の内で舌打ちした。

「手を、上げる……ないです。そんなことはありません」

「大きな声を出しただけですか」

「そうです。それだけです」

「それでも足がすくんだんですから、暴力みたいなものですよ」

「いえいえ、暴力だなんて、そんな。私が分かりもしないのに、出しゃばったから……叱《しか》られて当然なんです」

木綿子は寒くもないのにカーディガンの前を合わせた。袖が上がって左腕が露出する。紫の痣が見えた。彼女は慌てたようすで、袖を引っ張った。

「これまで支えてきた奥さんに、ちょっと酷いです。差し出がましいのですが、その痣はどうされたんですか」

「私が貧血でふらついて支えてもらったときに付いたものです」

と木綿子はうつむく。

「私のことで恐縮なんですが、実はシングルマザーなんです」

「それは大変ですね」

「離婚の原因は夫の暴力でした」

「はあ」

「ですから、少しは被害者に理解があると思うんです」

「主人は私に暴力なんて振るいません」

「怖さも知っています。誰にも言えないことも。絶対に口外しませんから」

「勘違いされてます。本当に何もありません」

「他にも奥さんに痣があるのを知っています」

「痣を？」

「見てしまいました」

と言ったとき、どうしてなのか動悸《どうき》がして、咳《せき》が出た。

「そうですか。それも、みんな私の不注意なんです。どうしてそんなことをおっしゃるんですか」

美千香の予想通り、木綿子は認めようとはしなかった。

深追いは禁物だ。

「勘違いでしたらいいんです。自分とどうしても重ねてしまって。変なこと言ってすみません。お気を悪くされたら謝ります」

菜緒は居ずまいを正す。

「気を遣っていただいたこと、感謝しています。でもあの人はそんなことのできる人じゃないから。私がしつこく仕事のことを訊いたのが、かえって焦らせてしまってるんです。本当にそれだけです」

「私の方も、催促しましたから」

「それは、風見さんのお仕事です。お茶碗購入からずっと風見さんや部長さんには本当に感謝してます」

　木綿子はアイスティーのストローに口をつけた。

「先生、苦労されてるんですね」

「書き付けの訳も、初めの方は話してくれたんですけど、一切言わなくなりましたしね。その後原稿が進んでいるような気配もありません。風見さんには、ご迷惑をおかけしてしまって」

「いえ、こちらこそ変なことを言ってすみませんでした。お茶碗の書き付けに没頭するあまり、その毒気に当てられたのかも」

　菜緒は苦笑した。

「毒気、たしかに主人も、そうなのかもしれないです」

「奥さん、いまの体調はいかがですか」

「普通です」

「立ちくらみや怠《だる》さとかは」

「それは持病だと諦《あきら》めてます。それに動悸や息切れが最近ひどいですけど、更年期ですからしかたありません。もうすぐ五五になりますのでそのうち楽になるだろうと思ってます」

「そうですか。くれぐれも気をつけてください。プレッシャーになってもよくないので、私の方もしばらくご連絡は差し控えます。ですので、今日話したことはここだけの話ということに」

念を押した。

23

自宅に戻った菜緒はベッドに入ってから眠れなかった。木綿子の体調がよくないことは分かっている。立ちくらみも、動悸や息切れもあると言っていた。痣の数が増え、ウイッグを付けるほど脱毛も進んでいるのかもしれなかった。原因は久米の暴力であり、紫乃が使った毒にちがいない。木綿子の態度を見て、ますます確信が深まっていく。

なのに木綿子は久米を庇《かば》った。

どうすればいいの。

菜緒はベッドから出て、デスクのスタンドライトのスイッチを入れる。デスクの上のデジタル目覚まし時計が午前一時七分から八分に変わった。

携帯を充電器から外して手に取る。美千香は学生時代の友人たちと飲み会だと言っていた。

楽しんでいるのを邪魔したくない。

携帯を充電器に挿し直し、また書き付けの翻訳原稿を出した。書き付けの原本は二〇〇年近く経《た》って蘇《よみがえ》ろうとしているのに、原稿のコピーはくたびれ始めている。原本は茶碗と共に桐《きり》の箱に入っていて大事に保管されていたから、劣化が進んでいなかった。誰彼なしに読んでいたらあれほどきれいな状態で残らなかっただろう。善照はまるで紫乃の遺骨のように大切にしていたにちがいない。

それはやはり紫乃の茶碗を守るためと、平助の罪を滅するためか。

国文学者の三好から届いた解読は、久米の訳よりかなり堅苦しい文章ではあったが、事柄についてはほとんど同じだった。

だとすれば「茶碗継職人恋重荷」という題名、おかしくないだろうか。茶碗の書き付けには相応《ふさわ》しくないし、読む前から御法度である姦婦《かんぷ》、間男を思わせるではないか。ましてや平助の懺悔《ざんげ》にも思えない。

とりあえず不自然な部分をすべてチェックする。この前、香怜に自分が言ったことがふいに思い出された。

題名からして不自然だ。

美千香が指摘した、平助の習い事、鼓の記述、算術の説明、それに行分けされた「結」の文章、さらに「鍵五辺二十五寸梅花径」など不自然な部分がいくつかある。

菜緒はそれらに赤鉛筆で印を付けた。

なぜ鍵《かぎ》なんて必要だったのか。そんなクイズかゲームのようなこと、懺悔文であり罪業《ざいごう》を減じてほしいと願う文章におよそ馴染《なじ》まないではないか。

まるでお遊びだ。

考えてみれば書き付けの表紙に大きな紋というのも妙だ。表紙だけではなく、開と結、プロローグとエピローグで本文を挟むなど、編集を施しているとしか思えない。

編集者がいたのか。いたとすれば善照、もしくは与一ということになりはしないか。

平助に茶碗にまつわることを洗いざらい吐き出すよう勧めたのは善照だ。どのように書き残せばいいのかをアドバイスしたのかもしれない。そのときすでに構成まで考えていたとすれば、編集者は善照。

与一は仏具店だから、寺院との付き合いは当然あった。そのうえ当時商家の間で流行していた算術に与一も耽《ふけ》っていたとすれば、ただの書き付けでは面白みがないと助言したとしてもおかしくない。

平助、善照、与一の共同作業だった可能性も充分ある。

もしそうなると、書き付けの目的が分からない。ただの遊びにしては手が込みすぎている。わざわざ壺を埋めて、その中に鍵まで――。

順序がおかしい。

書き付けを読んで、壺に行き着く。鍵である「鍵五辺二十五寸梅花径」を発見して、再び書き付けに戻る。そんなまどろっこしいことしなくても、裏表紙に鍵は記されていた。

意図が見えてこない。

菜緒は「結」の文章に目をやった。

これらみなの物語
りは真実なり本の
因《いん》は夫婦のいさか
いにのみ在《あり》しと見
えど真《まこと》の因人の業
なり懇《ねんご》ろに弔い諸《もろ》
々《もろ》の罪業消滅せん
との願をここにい
たすものなりやと

唐突な行分け、これが一番不自然だ。久米はこう訳している。

「これらすべての物語は真実です。元々夫婦の諍《いさか》いのみが原因だと見えますが、本当の原因は人間の業です。真心込めて弔い、多くの罪業を消滅するようにと願うものです」

突き放した文面で個性も何もない。なくてもいいような「結」だ。にもかかわらずこれだけを最後に持ってきたのには理由があるはずだ。

これこそが暗号？　でも誰に向けて何のために――。

暗号なら解けばいい。謎《なぞ》も氷解する。そして、上手く行けば時代小説なのに暗号を込めたミステリーになる。久米の復活をアピールする小説に生かせるではないか。まさに新境地だ。

久米は妻に手をあげていると思わざるを得ない。しかし新作を出して評判になり作家として好転し出せば、暴力は治まるかもしれない。少なくとも木綿子の、当面の身の安全は確保できる。

いまは久米を男性として、また人間として好きか嫌いかなど問題じゃない。作家を編集者として支えることが菜緒の仕事だ。

菜緒は、書棚からいくつかの暗号ミステリーを手に取った。それらをぱらぱらっと見て、解読法を確認する。

古くから日本にある分置法で作られたと仮定してみた。分置法は字のごとく、ある文章の中に別の言葉を分けて置いて隠す暗号のことだ。

規則的な分置で有名なものは古今和歌集の紀貫之の和歌にあった。歌遊びとして、あらかじめ決められた言葉を折り込むものを「折句《おりく》」と呼ぶらしい。

小倉山《をぐらやま》　峯《みね》立ち鳴らし　なく鹿《しか》の

へにけむ秋を　しる人ぞなき

句の頭文字だけを取り出しつなぎ合わせると「をみなへし」という言葉が折り込まれている。「をみなへし」は秋の七草の一つ、オミナエシのことだ。

単純にこの方法を「結」の部分に当てはめてみる。

頭文字を取ってみた。

「こり因いえな々とた」

これでは意味がとれない。

では吉田兼好の折句に頭とお尻の文字を取るものがある。

よもすずし　ねざめの刈り穂　たまくらも　まそでも秋に　へだてなき風

頭の文字を読んでいくと「よねたまへ」となりお尻の文字を逆さまに辿《たど》ると「ぜにもほし」となる。続けると「米たまへ銭もほし」。物を乞う言葉が隠れている。

お尻の文字を抜き出してみると何か見えてくるのだろうか。

「といん諸業見かの語」

ダメだ。

そうだ、鍵だ。鍵を使うのだった。

鍵五辺二十五寸梅花径の意味を考えよう。五つの辺が二五寸の梅の花径。五つで二五なら、一辺は五寸ということになる。

うーん、五文字ごとに拾うということかもしれない。

「なは本婦いし真業にのせをたり」

「真業」と「せをたり（背負たり）」に無理やり意味を持たせることはできるが、文章としてはなんのことか分からない。

その後、行ではなく列ごとに読んでみたがどれも空振りだった。

次に不自然な説明と描写はやはり小鼓《こつづみ》だ。

菜緒は小鼓の説明箇所を読み直す。

そこに「たった五つの音」、「基本は八拍子」という言葉を見つけた。五と八、一辺五寸と行分けが八文字ずつであるのと無関係だと思えなくなってきた。

暗号を解くもう一つの鍵は、小鼓にあるのかもしれない。しかし書き付けの説明を何度読んでも、ちんぷんかんぷん、基本的な知識が菜緒にはなかった。

インターネットで調べようとノートパソコンの電源を入れて、立ち上げた。

いろんなサイトに小鼓が取り上げられていた。楽器としての由来や名称は関係ないだろうから、打ち方を解説したサイトを探した。

やはりネットでは難しいようだ。会社に行けば入門書があるかもしれない。出社して一番に探してみよう。

時間は午前四時前だった。仮眠くらいとらないと身体が参ってしまう。そう思ってベッドに戻った。


明くる朝、会社に行こうとしたら一樹がごねだした。

トースト、スープやカフェオレ、テレビの音、菜緒の服装から化粧品の匂《にお》いまで、何もかも気に入らないらしく、文句を並べ立てる。リビングを飛んだり跳ねたりしながら、大声を出した。

「イッちゃん、下の階の人に迷惑だから、お願いやめて」

静かな声で説得する。

一緒になって声のボリュームをあげると逆効果だと医師から言われていた。

「いやだ、いやだ。みんなきらいだ」

一樹はそう言いながらも飛び跳ねるのだけはやめた。

菜緒は側《そば》に行って、背中に触れる。ゆっくりと撫《な》でて、さらに小さな声で、

「どうしたの？　何がいやだったの？」

と尋ねた。

「頭が痛い」

「どんな風に？」

「どんどん音がする。ズキンズキンと痛い。僕、もう死んじゃうの？」

「大丈夫、死なないわ。ママがついてるから」

「どうせ会社に行くじゃないか」

「行かない。今日はお休みして一緒にいる」

「うそだ。こっそり出かけるに決まってる」

「そんなことしないよ。ゆっくりご飯を食べて、頭の痛いのが治ったらいっしょにゲームをしよう」

なだめるだけではなく、具体的にどうするのかを提案した方が気分をよくしてくれるはずだ。これもカウンセラーの助言だ。母親の頭の中が、自分のこと以外でいっぱいになるのを子供は察知するという。だから不安になり、愛情を確かめようとするのだそうだ。

「本当に？」

一樹がしっかりと菜緒の目を見た。

「お休みすれば、ママも遊びたいもの」

小鼓の入門書を読みたい、と思う気持ちを抑える。

「本当に遊びたいの？　お祖母ちゃんはゲームがきらいなのに」

「お祖母ちゃんはお祖母ちゃん、ママはママ。ママもお祖母ちゃんからよく勉強しなさいって言われた。もう、いまやろうとしてたのって心の中では怒ってたこともある。お祖母ちゃんにもきてもらわないようにするね」

「本当は、困ってるんでしょう、僕のこと。分かってる。会社に行きたいんだ」

一樹が目をそらし、そっぽを向く。

「そんなことないってば。さあイッちゃんの部屋に行こう。この間、美千香さんとやったゲーム、ママにも教えて」

菜緒は一樹の手を引っ張り、廊下へ出た。

「そんなに引っ張ったら痛いよ」

「ごめん」

慌てて手を放した。

「ママ、もういいよ」

「何が？」

「ママは僕と遊びたくない。そんなの分かるよ」

「そんなことない」

「いいよ、無理しなくても」

一樹は自分だけ部屋に戻って行った。

「イッちゃん……」

何かものを食べさせなければ、ますます態度が硬化していく。スープに精神安定剤を混ぜて飲ませるという手もある。

いや、そんなことは絶対したくなかった。何とか話し合っていつもの一樹に戻らせたい。

何度も部屋のドアをノックしに行ったが、一樹は開けてくれなかった。

電話で母には事情を話した。父が行ってはどうかと言ってくれたけれど、断った。菜緒以外の人間が家に入ってくること自体を一樹は嫌っているところがあるからだ。

あの子が心を開くのは美千香だけのようだ。

その美千香に、菜緒はリビングで一樹が部屋から出てくるのを待ちながらメールを送った。

〈久米木綿子さんは予想通りDVを認めませんでした。すべて自分が悪いと思ってるようです。いま書き付けの暗号と格闘してます。やっぱり「結」の部分が怪しい。美千香さんが不自然な記述だと話していた小鼓がもうひとつの鍵だと思います。ただ小鼓への知識のなさが壁となってます。それと、一樹の調子が悪くなりました。またメールします。菜緒より〉

メールを送信しておいて、菜緒は玉木の携帯に電話をかけた。

玉木はまだ自宅にいた。

「大変だね、風見も」

「部長、加地さんに声をかけてくれたこと、感謝です。いろいろ相談に乗ってもらってます」

礼を述べてないことを思い出した。

「まあ無理しないように」

「そうだ、うちの会社に小鼓の本ってありましたっけ」

「小包?」

「ちがいます、能楽のお囃子《はやし》で使われるポンポンって打つ鼓」

「鼓か。資料部屋に笛や太鼓、三味線や琵琶《びわ》なんかの本があったと思う。その中にあるんじゃないか。すぐに要るのか」

「ええ、それを読んで解決するかどうか分からないですけど」

「分かった。探してみてあったら家に届けるようにする」

「ありがとうございます。それから久米さんが訳した書き付けをコピーしてありますので、部長も読んでみてください。私の机の上です」

電話を切ったとたんメールが届いた。美千香からだ。

〈連絡ありがとう。バタバタしてて。いま初体験中。実は京都にいるんだけど、ある能舞台で「女性のための能楽鑑賞会」ってのがあったんで、それに参加してるのよ。私もカザミン同様、鼓のことさっぱりじゃない。だから実際の囃子を聞いてみようって思ってね。結果は聞かないで。ほとんど夢の中よ。よく響く声の謡とポンポンと鳴る大きな音、能管《のうかん》の鋭い響も私の眠りを一切妨げないんだから。とにかく眠るのには心地いいリズムだった。お酒が残ってたのかな。いま休憩中でこれから第二部。今度は眠らないよう何かを摑《つか》んで報告するね。美千香〉

美千香も鼓に着目している。それにしても四〇の壁だなんて言っていたけれど、相変わらずの行動力だ。

菜緒は四度目のスープの温め直しをして、一樹の部屋を叩《たた》いた。やっぱり返事はなく、ゲームの壮大な音楽とキャラクターが跳ねる電子音が聞こえるだけだった。

24

トイレのために出てくるたび、一樹に声をかけ、その何回目かにやっとハンバーガーなら食べると言った。菜緒は彼の好きなチェーン店のチーズバーガーとポテト、コーラを買ってきて部屋に運んだ。

平助の書き付けを読みながらも、子供部屋の気配を気にし、物音に耳をそばだてるだけの空《むな》しい時間が過ぎていく。

子育てと仕事を一人でこなせるほど器用じゃない。

どっちつかずの中途半端。高校の文化祭で友達に言われた言葉だ。

菜緒のクラスでは模擬店でクレープ屋を、教室展示で写真展をやることになった。学級委員だった菜緒は、その二つの責任者だ。期日が迫ってきても、写真展全体のテーマが決まらず、クレープのオリジナル味も作り出せなかった。原因は、模擬店班、教室展示班の班長に任せ切ればいいのに、どちらにも菜緒が首をつっこんだからだ。

ことあるごとに、友達の言葉と一緒にクレープの甘い香りが蘇って、気持ちが悪くなる。クレープはいまも嫌いだ。

菜緒は立ち上がり、大リーガーのイチローがやるように大きく足を広げて中腰にして、手で膝《ひざ》を押すストレッチをした。いやな気分のときは身体を動かすといい、と本で読んだ。京都で坂道を上ったときの筋肉痛が、太ももに残っていた。

これがアラフォーってことか。

足、腰、首と一通り筋を伸ばし終えると、コーヒーでも飲もうという気になった。コーヒーメーカーに水を注ぎ粉をセットするとインターフォンが鳴った。

インターフォンモニターには香怜が映った。

「あの、これ持ってきました」

香怜は薄汚れた表紙の「小鼓入門」という文字を玄関カメラに示す。

「あら工藤さん、ありがとう。いま解錠しますね」

ややあって香怜が部屋をノックした。そして玄関に入るなり、甲高い声を上げた。

「コーヒー淹《い》れて待っててくれたんですか、いい香り」

「まあ、そんなとこね」

自分を中心に世界が回っているかのように思える香怜がうらやましい。

「エントランスからここまでくるのに迷っちゃった。エレベーター降りて反対側に行っちゃったんです。私っていつも、逆に行くんですよね。マンション内より、会社からの道順の方が分かりやすいくらいでした」

「そう？」

「会社から近いですよね。これなら出社しなくても、会社で仕事してるのと変わらないかも」

香怜は何だか嬉しそうだ。

「何、会社人間だって言いたいの」

と笑いながら言って、食器棚からカップを取り出す。

「いいえ、仕事とプライベートの境目がないって感じ。あっ悪い意味じゃないですよ」

「いい意味に取っておく。どうぞ」

テーブルに並べたソーサーに、できたばかりのコーヒーを注いだカップを置く。

「ありがとうございます」

「これも食べて。意外にコーヒーに合うのよ」

ハンバーガー店で買ったフライドポテトにメイプルシロップをかけたものを皿に盛って出した。

「嬉しいです。ちょうどこの時間になるとおやつが欲しくなるんです、私」

壁に掛かった時計は四時を過ぎていた。

「確かにスナック菓子、食べてるもんね」

スタイルを気にしてダイエットの話題が好きな割りに、香怜はよく間食をする。

「バレてました？」

「隣にいるんだから分からない方がおかしいでしょう」

「ですよね。それで、息子さんは引きこもってるんですか」

「ちょっと」

無神経な言葉を、口の前に人差し指を立てて制止した。

「すみません、つい」

香怜は舌を出して首を引っ込めた。

「冗談にならないからね」

「注意します。これ天満宮の紋ですか」

香怜は話題を変えたかったのか、テーブルの書き付けの表紙をコピーしたものに目を落とした。受験の際にもらったお守りに、同じ紋が入っていたという。

「へえ、表紙。書き付けの作者の手描きなんですね、これ。よく見ると花弁の円の真ん中に、コンパスの穴のような点があります。江戸時代、コンパスなんてあったんですかね」

「さすがにコンパスって名前ではないでしょうけど、装飾には円盤形のものもあるから、似た道具はあったでしょうね。作者の平助さんは職人だから必要なら自分で作れるし」

「何でも作っちゃうんですよね、職人さんって。でもなんで表紙に梅の紋なんですか。お茶碗が梅に関係してるとか」

「ううん、どちらかと言えば桜かな。梅は関係なかった」

「じゃあ変ですね」

と香怜は、フライドポテトを食べて美味しそうな表情を見せた。

「変なことだらけなのよ」

自分の頭の中を整理する気持ちで、書き付けの何が変なのかを香怜に説明した。

「ありゃりゃ、暗号ってミッション：インポッシブルみたいになってきましたね」

「まあスパイってことは絶対ないけど。ただまだ玉木部長には内緒よ」

「暗号ですからね。風見さん、これを解くために鼓の勉強を？」

「苦し紛れ、なんだけど」

「ふーん。暗号だとすると、人知れず何かを誰かに伝えようとしているんですよね」

「そう、何かを誰かに」

「で、その相手は、暗号を解いて内容を知る。こんなものなくても」

香怜は自分が持ってきた鼓の本を手に持った。

「当然、そうでしょうね。共通言語を持ってるから成立する。もし暗号を解く鍵が小鼓ならその方面の知識を持ってないと」

菜緒は香怜から「小鼓入門」を受け取る。

中を開いて目を通す。文章で書いてある部分はやはり難解だった。さらにページを繰ると分かりやすくするための図が飛び込んできた。平助が触れていたような、○は「ポ」、白丸に一本横棒を入れると「プ」、△は「タ」、小さな黒丸を「チ」、「ツ」はそのままツと記すということも詳しく紹介されていた。

改めて平助の文章が正確だったことが分かる。打ち方を一覧にしている部分で気になる数字を見つけた。「三地《みつじ》」「五ツノ手」という打ち方があるようだ。

「三、五」

菜緒はつぶやいた。

「それなら単純に三文字か五文字毎で読んでみたらどうです」

菜緒は結の文章のコピーを手にして、

「三文字毎でいくと八文字だから、上手くいかないのよ。九文字あったらいいんだけど。それは五文字ずつも同じ」

と言った。

「九行だから九〇度回転させてみたらどうですか」

「なるほどね」

持っているコピー紙を九〇度、倒した。

「どうですか」

「か、諸、と、さ、い、や、い、弔、り、の、に、な……。うーん上手くいきそうにないわね。五は九行だから端《はな》からダメだし」

「上手く行かないものですね。小鼓には暗号を解く鍵はないのかもしれませんよ」

「でも、不自然なのよ、その記述が」

菜緒は新人編集者に否定されて、ムキになって棘《とげ》のある言い方をしてしまった。

「もっとシンプルに考えてみてくださいよ、風見さん」

「どういう風によ」

つっけんどんに聞き返す。

「風見さん、本作りで大切にされてたことって、何です？」

「キャラクターがどれだけ葛藤《かっとう》してるか、その結果どう成長しているかね」

「それは中身ですよね。それは作家さんの仕事じゃないですか」

「編集者としてなら、読者に伝わりやすい文章にしていくことかな」

「お店に並べるときは？」

「何よ、それ。はじめから売るときって言ってよ。それなら書影に決まっているじゃない。ジャケ買いする読者、意外にいるから」

「でしょう。なら絶対その平助さんだって力が入るんじゃないですか」

「梅の紋？」

「だって、鍵五辺二十五寸梅花径って裏表紙にも書いてるんですよ。本でいうなら表紙のデザインと表四のコメントってことになります。一番言いたいことなんじゃないですか」

「梅の紋と梅花径が平助さんの言いたいこと……一理あるわね」

「この梅の紋、五つの円の中心を結ぶと五角形になるんですよね」

香怜が表紙の家紋を指でなぞって五角形を描く。彼女はスマホを取り出してインターネットで何かを調べだした。

「梅鉢紋《うめばちもん》っていうんですね。一寸が三センチくらいですから、一辺が七五センチの五角形ってことですね。大きな紋です、暖簾《のれん》みたい」

「そんな暖簾のお店が関係あるっていうこと？」

「変ですね、それも」

「そうだ、江戸時代に、べつに何かに役立てるんじゃないんだけれど、幾何とか鶴亀算《つるかめざん》とかの問題を出し合って遊ぶ算術が流行《はや》った。それを絵馬にするぐらいに。だからこの表紙も家紋じゃなく幾何の問題なのかも」

「算数の問題ですか。何を問うてるんですかね」

「このままじゃ問題じゃないものね」

「あっ、こんな時間」

香怜がスマホを見て声をあげた。

菜緒も時計を見た。午後五時過ぎだ。

「部長に叱られちゃう」

香怜は椅子《いす》から立ち上がると、慌ててポテトを四本ほど摑むと口に放《ほう》り込み、コーヒーで流し込む。

「じゃあ私これで。引きこもりのお子さんに会いたかったけど、また今度にします」

「ちょっと、あなた言葉に」

注意しようとしたときは、香怜はもう玄関でヒールを履き終え、ドアに手をかけていた。彼女は何も言わず、ドアの向こうへ飛び出して行った。

ふと廊下を見ると一樹がそこにいた。

「あの人は？」

「会社の新人。ごめんね、うるさかった？　ママが頼んだ資料を届けてくれただけなんだけど、おしゃべりしてたら長くなって」

「香水の匂い」

一樹が鼻を鳴らした。

「すぐ換気扇回すね」

菜緒は会社で馴れてしまってそれほど強く感じなかったが、確かに香怜は濃い香水を付けている。

「きらいな匂いじゃない」

とだけ言ってまた一樹は部屋に戻っていった。

25

菜緒は美千香に誘われて、京都にきていた。久米からはまだ原稿が届かず、家に押し掛けたい気持ちだったが、今日は美千香に付き合うことにした。駅で落ち合い、そこからはタクシーで浄真善寺に向かった。

不思議なことに、香怜がきた夜からこの二日間、一樹の精神状態は安定していた。香怜が不用意に発した「引きこもり」という言葉を耳にしたはずなのに、機嫌がよくなったのだ。

美千香に話すと、異性に興味が出だす年頃だからじゃない、とあっさり言ってのけた。

「まだ小五なのに」

と反論すると、奥手の方だと美千香が笑った。

「工藤さんとは顔も合わせてないんですよ」

「あの子、派手だしね。後ろ姿だけでもセクシーギャルだから」

美千香は、去年の新人賞受賞パーティで紹介したときの服装のことを言っているようだ。

しかしいつもそんな派手な服を着ている訳ではない。二日前は芥子色《からし》のワンピースで多少丈が短く、胸元が少し開いていたけれど、一樹は見ていないはずだ。

「それはちょっとちがうような気がします」

「雰囲気っていうのかな、そこにいるだけで周りが華やぐ感じ、男性は敏感みたい」

「ですからまだ子供なんですって」

「そう思っているのママくらいよ、きっと」

美千香はタクシーの運転手に、ここで、と言って車を止めた。

「私、ここの坊守《ぼうもり》さん苦手です」

「ちょっと怖そうよね」

「じゃあ今日は美千香さんに任せていいですか」

「一樹くんが調子悪かったりすると、すぐ弱気になるよね、カザミンって」

「そうかもしれません」

自信が持てなくなるのは確かだ。

「よくないな。自分を責めたい気持ちは分かるけど、切り替えないと」

「ダメだとは思うんです……けど離婚してから、卑屈になっちゃって」

美千香は返事せず、黙って寺の門をくぐった。

やはりハガキを置いた受付には前にも会った僧侶《そうりょ》が座っていた。

「加地です、先日はどうも。昨日電話しておいたんですけれど」

「ええ、準備しておりました。どうぞ、正面の本堂の前でお待ちください」

僧侶は中に引っ込んだ。

「行きましょう」

「何の準備なんですか」

菜緒は何も聞かされてない。ただ、もう一度浄真善寺に行くから一緒にきてと言われただけだった。断れないような強い言い方に気圧《けお》されたかたちになったけれど、菜緒としても暗号を解くヒントがほしかった。

「あのお坊さん、浄福《じょうふく》っていうの。電話で取材したんだけど、このお寺に面白いものがあるって分かった。だからそれを今日は見せてもらう」

「面白いもの？」

「そうよ」

正面で待っていると、浄福がやってきた。若いと思っていたが、明るいところで見ると菜緒と同じ年くらいだ。

「ではこちらに」

浄福に言われるままに、本堂の右側面へと歩く。そこに下駄箱があって靴を脱ぐようになっていた。

美千香はヒールだったが、菜緒は前回のように歩くことになるかもしれないとスニーカーを履いてきていた。菜緒が先にスリッパに履き替え、階段を上がる。

本堂の四囲を巡る感じで廊下が続き、真裏に当たる場所は、二〇畳程の和室になっていた。その濡《ぬ》れ縁から見えるのは、東山の山々を借景にした枯山水の庭だった。

庭の端に昔は使っていた鐘《かね》撞《つ》き堂があって、そこに行くには一旦《いったん》庭に下りる必要がある。そこも浄福を先頭に、下履きに替えて砂利道を歩き、鐘撞き堂に上がる。

「上を見て下さい」

鐘撞き堂の天井を見上げる。

美千香が漏らした。

「あれが?」

「そうです。あれがお電話で言いました江戸時代に奉納されたものです」

「暗くてよく見えないんですけど」

と菜緒は目を凝《こ》らす。

周りが明るいせいで、お堂の天井は闇《やみ》そのものだった。

「デジカメで撮っていいですか。フラッシュ使って大丈夫でしょうか」

「どうぞ。劣化してるでしょうけれど、文字は読めると思います」

「じゃあ撮ります」

美千香がカメラを天井に向けて、二、三回シャッターのボタンを押した。

フラッシュの明かりで菜緒の目に映ったのは梅鉢紋《うめばちもん》だった。

「もしかして算額？」

菜緒の声がお堂に響く。

「そう。浄福さんに訊《き》いてみたの。あの書き付けにあった算術の問題を書いた額のこと」

美千香は、書き付けのある箇所で、

『家紋なんてのも算術で実にきれいに描けるのでございます』

という平助に紫乃が、

『そんなものも？　そういえば、先程申したうちにある額にも丸が五つ描かれた図が』

と答えた場面を思い出したのだそうだ。

「いきなり梅の紋を描いた算額はないか、と訊かれたときは驚きました。昔からあるままで、特に見ていただくようにはしてませんもので」

浄福が笑いながら言った。

「それともう一つ、照悟さんと紫乃さんのことも、浄福さんに調べてもらった」

「歴代僧侶のお墓が境内の隅にございます。墓石には何も刻まないことになってますが、過去帳が保管されてまして、無住寺《むじゆうじ》となったその前も辿《たど》ることができます。そこに名前がございました」

「じゃあ間違いなく?」

「ええ。文政年間当寺には照悟上人と坊守の紫乃様という方がおられました」

「美千香さん、これで書き付けの記述は信じられますね」

「その上、この算額よ。見て?」

美千香がデジカメのディスプレイをこちらに向けた。

明るい画面の中に、茶色の板としか見えない額に墨と白い絵の具を使って、五角形に接する五つの円が浮かんでいた。

「表紙と同じ」

菜緒は、ちょうど梅花紋を表紙にした意味の大きさを香怜が主張していたのだ、と美千香に伝えた。

「それはいい指摘だわ。拡大していくとさらにうなずける」

と美千香が声を弾ませ、

「梅花径という文字があるわ」

と叫んだ。

「梅花……平助さんがそれを見て表紙を」

菜緒は天井を見上げた。

目が慣れたのかうっすらと額が浮かんで見えてきた。

「もしかしたら書き付けの結びの部分はこれを見て書いたのかも」

美千香は、浄福の前だからか暗号という言葉を使わず、「むすび」の部分と言った。

「それなら納得いきますね」

「だんだん絞られてきた。平助さんが出した問い、きっと解けるわよ」

二人は、ホームで新幹線がくるのを待っていた。浄真善寺を出た後、貴船神社に付き合わされ、写真を撮りまくる美千香のアシスタントを務めた。気づくと午後六時を回ってしまっていた。

「どう、きてよかったでしょう?」

「大収穫ですね。少し早いけど紅葉も見られましたし」

一〇月の下旬とはいえ市内の紅葉はまだまだだが、貴船神社がある鞍馬山《くらまやま》は色づきはじめていた。一一月に入れば本宮へ向かう参道の赤い灯籠《とうろう》に灯《ひ》が点《とも》り、覆い尽くすほどの紅葉が怪しく浮かぶ「もみじ灯篭」も行われる。

「縁結びの裏に縁切りがあるのよね」

新幹線の座席に着くと、美千香はデジカメの画像を確認し出した。

「ずいぶん撮りましたね」

菜緒は、実は美千香が置かれている状況を知るともなしに、知ってしまったのだ。

ちょうど貴船神社の本宮についた直後だった。美千香のスマホの着信音が鳴って、画面を見たとたん彼女の表情が曇った。

「ごめん」

と、上りかけていた参道を後戻りして、美千香は階段の傍《かたわ》らの灯籠の陰へ身を移した。

菜緒はちょっとの間、そこで待っていたけれど、何となく先に行くのも気が引けて、少し美千香に近づいたところで持つことにした。

すると美千香の切羽詰まった声が聞こえてきた。

「信金は大丈夫じゃなかったんですか。そんな馬鹿な」

それ以上は聞いていられず、慌てて参道の石段を駆け上る。音を出さないスニーカーで、よかったと思った。

電話の相手がこの企画を進めているムック本の会社であることは、次号は出せない、という会話の断片から分かる。つまり資金繰りが上手《うま》く行かず、経営そのものを危ぶまれている状態だということだ。

出版不況が悪化していて、楽な経営をしている出版社の方が少ない。それは版元だけではなく、取次も書店も同じだ。

この一〇年ほど、雑誌の連鎖的な休刊や廃刊も続いているし、書籍の初版部数が五〇〇〇部を割る作家も増加している。ましてやカラー写真を豊富に使うムック本は経費がかかり、固定読者を相当数摑《つか》んでいないと難しい商品だ。

　廃刊だけではなく、いくつかの版元が倒産するのではという噂《うわさ》は常にある。大手なら信用調査会社によってかなり前から報告されるが、中小零細の版元や出版プロダクションの場合はそれほど騒がれないことも多い。

　もうダメだ、という噂も生まれたり消えたりしていて、よほどの大手でもないと驚かなくなっていた。いいことではないけれど、その手の情報に慣れっこになりつつあった。

「お待たせ。さあ行きましょう」

　と電話を終えた美千香が颯爽《さっそう》と階段を上る。

「はい」

「どうした？　もう疲れたの。もっと身体《からだ》を動かさないと」

　いつもと変わらない美千香がそこにいた。前回浄真善寺を訪問した際、慎重な人が独立するなんて無謀なことしますか、なんて言葉を投げた自分がいやだった。

　その後も美千香は、きびきびした動きでベストショットを狙っていた。笑顔も絶やさず、時折、菜緒を気遣《きづか》ってもくれたのだった。

　次号が出ない状態とは、とても思えない。明るい美千香をみていると、うっそうとした鞍馬山ということもあって、狸《たぬき》か天狗《てんぐ》に化かされたのではないか、とそんな馬鹿げたことも考えた。

「やっぱり問題はこれよね」

美千香がこちらに向けたカメラのディスプレイの明かりが目に入り、菜緒は我に返った。

「算額、そうですね」

「どうしたのカザミン？　一樹くんのことが心配なのは分かるけど、ずっと気に病んでいても仕方ないわよ。彼だって一個の人間として、何とか生きていかなきゃならないんだから」

「分かってるんですけど、連鎖が怖くて」

新幹線が軋《きし》み、名古屋に着くために減速したのが分かった。

「ＤＶ？」

「気にくわないと、暴れる感じが似てるんです」

「顔は似ていくわよ、実の親子なんだから」

「それも、実は怖いんです」

「困ったね、それは」

新幹線が止まって、名古屋からの乗客が数人乗り込んできたため、会話は中断した。数人のサラリーマン風の男性が席を探している。手のポリ袋に、つまみとビールが入っているのが透けて見えた。郁夫も新幹線に乗る前、不思議にリラックスできると言って、よくつまみとビールのロング缶を買っていた。親父《おやじ》がよくしていたことが、すり込まれているんだろう、そんないやな言葉も一緒に思い出した。

新幹線が再び動き出した。

「だから一樹くんは別の人格なの。人間なんて、みんな誰かに似てる。所詮《しょせん》何かの亜種なのよ」

「亜種ですか。よりによって息子が、私自身が恐怖に思う男性の亜種だなんて」

「遺伝子は残酷よね。だけど、何度も言うようだけどまったくちがう人格なんだからね。それこそ一樹くんがいい迷惑よ。自分で勝手に選んだ男性と結婚しておいて、一樹くんには何の落ち度もない。たぶんカザミンが怯《おび》えているのが伝わってるんじゃないかしら」

「あの子の前では、怯えてなんて……」

「言い切れないでしょう?」

「腰が引けてるのかもしれません」

「愛情があるのは伝わってると思う。でも仕事に目一杯打ち込めない原因は一樹くんにあると、カザミンが思っているのを感じ取ってるのかも。だから時々仕事の邪魔をしたくなるんじゃない? どうせ自分が邪魔者なんだろうって」

「邪魔だなんて」

当たっていた。けれど、その通りだと言えるほど素直にはなれない。編集者としてのプライド以上に、母親の意地があった。

「ねえ、これ見て。よく読むと面白いことが分かる」

美千香がバッグからタブレットを取り出し、デジカメとUSBケーブルで接続してデータを複写した。そのタブレットを差し出し、

「見にくかったら大きくして、書かれた文章を読んでみて」

と言った。

古いものだから劣化が進んでいた。ところどころ読めない文字もあったけれど大きく拡大すると、何となく類推できた。

『今有如圖五角面廻り等圓五个巻く只云等圓径四十九寸零壱厘六毛五糸間五角面何幾』

「あっこれは」

「やっぱり書き付けに出てきたものと同じね」

「原稿と照らし合わせます」

今有如圖五角面廻り等圓五个巻く只云等圓径四十九寸•零壱厘六毛五糸間五角面何幾。

「同じです。ただ、書き付けのは•が入ってるんですが、書き損じでしょうね。何て読んだらいいんですかね」

「分かる部分だけを読むと、圓は円だから、五つの等しい円が五角形の周りにあるってこ

とよね。それから圓径は円の直径のことでしょう。その直径が、四九・〇一六五寸《すん》とすると、五角形の一辺の長さは幾らになるのかってことじゃない。四九・〇一六五寸だなんて長すぎるわね」

「・は小数点のつもりで付けたのでしょうか」

「そんなところじゃないかしら。で、続きにあるのが『答曰五角面二十五寸術曰八分開平方（甲名）加二開平方乗等圓径減同径（乙名）甲置加一个開平方以て除乙五角面則合』……ああじんま疹《しん》が出るわ。とにかく、解いてるんだわ」

「とにかく『答えは、一辺の長さは二十五寸であると』ってあるんですね。ちょっと待ってください。五辺が二十五寸の梅花の直径はいくらかが私たちの求めてる鍵《かぎ》ですよ」

「そう。この算額は、私たちのほしかった答えの方を問題文に使ってる」

「じゃあ鍵は、四九・〇一六五寸ということになります。計算の必要がありませんよ」

「助かるわ。というよりやっぱり平助さんは、浄真善寺の鐘撞き堂でちゃんと算額を見たんだわ」

「で、暗号を」

「そう、この算額の数字を鍵に使うことを思いついた」

「梅花紋を表紙に描き、鍵になる言葉を裏表紙に示せば、ここの算額を知っている人なら解けるだろうと踏んだということですね」

「問題は、四九・〇一六五の鍵をどう使うかよ」

二人とも沈黙してしまった。

そして、新幹線は定刻通り浜松を通過した、というアナウンスが流れても、これというアイデアは菜緒には浮かばなかった。

26

玉木が腕組みをして眉間《みけん》に皺《しわ》を寄せていた。

「体調が優れないんだと電話があったんです」

昼一番に、木綿子から電話があった。久米が原稿をもう少し待ってほしい、と言っているという。もう菜緒の裁量ではどうしようもないので、玉木と相談すると電話を切ったのだった。

「一〇月もあと一週間で終わるんだけどな」

「お見舞いに行った方がいいんじゃないですか」

心配なのは木綿子の苦しげな声だった。体調を気遣ったが、自分は大丈夫だと言い張る。

それより久米が食欲不振と不眠症でダウンしていることの方が心配だと主張した。

菜緒は、すぐにでも木綿子の顔が見たかった。

「風見さん、君は何を隠してる?」

玉木の視線が突き刺さった。

「あ、いえ……」

「嘘《うそ》のつけない質《たち》だ。どうも京都へよく行くと思っていたが、いったい何があるんだ?

加地も急に京都特集を組んだっていうじゃないか」

「加地さんは何と?」

玉木と美千香が連絡を取り合っていることが気になった。

「何も言わないけど、特集で京都を取材しているんだって、それだけだ。風見の相談に乗ってやってくれと頼んだが何もそこまでしろとは言ってない」

玉木は、美千香と契約している会社が危なそうだということを知っていた。だからもう一度至誠出版にもどってこないかと持ちかけたという。その際、菜緒のことが話題に上ったらしい。

「そうだったんですか」

「加地は、倒産はないって信じてた。だけど耳に入ってくる情報では厳しい状態だよ。京都特集なんてやっても出版できるかどうか、ってところだな」

その言葉を聞いて菜緒は、貴船神社の参道で耳にした話を玉木にした。

「やっぱり、そうか。すでに複数の印刷所が取引を拒否してるからな。となるとますます京都特集の取材は無駄足になる。いったい久米さんの原稿に何があったんだ」

「部長、笑わないで聞いてくださいね」

菜緒は意を決して、これまでの経緯を話した。

「書き付けに暗号、大丈夫か、久米さんに感化されておかしくなってるんじゃないのか」

玉木は笑うどころか、呆《あき》れた顔で言い放った。

「私も自分で話してて、あまりに荒唐無稽《むけい》だと思います。でも原稿のとくに後半部分を読めば、私の言っていることに納得してもらえるはずです」

菜緒はデスクに戻り、久米の原稿や原本のコピー、タブレットを取って再び玉木のデスクの前に立ち、一式をデスクの上に置いた。

「ちょっと、会議室に行こう」

玉木は原稿を手にして席を立った。

このところ気温が下がっていて、誰もいない会議室には冷気が籠《こ》もっている。玉木は蛍《けい》光灯《こうとう》とエアコンのスイッチを入れた。

会議室といってもホワイトボードと長机が二脚、その周りにパイプ椅子《いす》が八つあるだけのこぢんまりとした部屋だ。

菜緒は、玉木が原稿を置いた場所の対面に座った。

玉木が原稿を黙読しはじめる。編集者としてのキャリアが長い者は、読むスピードが速い。玉木も速読ができた。しかし、あえてじっくり目を通しているようだった。

時折、首を回す。玉木のものを考えるときの癖の一つだ。

そのしぐさを見ていると、自分が書いた原稿をチェックされている気分になり緊張する。

「タブレット?」

玉木が原稿を置き、タブレットを見た。

「これに、美千香、いえ加地さんが撮った写真が保存されてます」

菜緒が立ち上げ、画面に写真を表示して玉木に渡す。

玉木の写真を送る指が何度も行ったりきたり、また拡大縮小を繰り返す。その間、何度も低い唸《うな》り声をあげた。

玉木がタブレットを置いたのを見て、

「習い事についての饒舌《じょうぜつ》な説明、結の文章の不自然さ、鍵五辺二十五寸梅花径という表四の言葉、そして梅鉢紋の表紙などから、暗号文だと判断したんです」

と冷静な口調で言った。

「面白い、とは思う」

と、玉木はまた首を回した。

「この話には、もう一つ心配なことがあって」

菜緒は書き付けに出てきた毒の入った壺《つぼ》が、実際に浄真善寺の駐車場で見つかったこと と、その中身がなくなっていることを話し、続いて久米がどうやら妻の木綿子に暴力を振るっているようだと言った。

「現に奥さんは身体のあちこちに痣《あざ》があって、体調もよくありません。ことに最近はかなり辛《つら》そうだった様子を考えるとちょっと怖いんです。この書き付けの内容を知っている人物しか、毒を持ち去ることはできないですから」

「風見さんは、久米さんが毒を持ち出した。そして、奥さんに使用する恐れがあると思っているんだ。まさか本気じゃないよね」

玉木が鼻で笑った気がした。

「本気です、本当に恐れてます。変ですか」

「いや、風見さんがそこまでフィクションにのめり込んでいるとは思いもしなかった」

「えっ、どういう意味ですか」

「まずもう少し現実的になってほしい。鉱脈を見つけたと久米さんが言ってきたときから、久米さんは我々に仕掛けたんだよ」

「仕掛けたって？」

「ブランクのある作家が、再スタートを切るために編集者を巻き込もうとした」

「金継ぎ茶碗も書き付けも、久米さんの仕掛けだっておっしゃるんですか」

さすがに菜緒は声を荒らげた。

「なかなか手が込んでるな、と思う。風見さんはうまく乗った振りをして、逆に久米さんの創作意欲をかき立てようとしているものだと思ってたよ。なのに、こんなに作品が出来上がってこないとはね」

「部長は、はじめから疑ってたんですか」

「いいや、ここひと月の間かな。久米さんが現代訳を買って出たことと、あれほどの長文を江戸時代職人だった人が書けるものだろうかと考えたからだ」

「優先したのは書き付けをベースに小説を書くためですし、平助さんは元々向上心があって、紫乃さんに色々習ってもいたんです」

「それにしても上手《うま》すぎるだろう」

「誰かが編集みたいなことをしたんじゃないでしょうか」

善照や与一の名をあげた。

「それは何のためだよ。もう完全に書き付けの世界にどっぷりって感じだな。よりにもよって加地まで、ミイラ取りがミイラになるとは」

「壺もありました。相当古びたものです」

「プラモデルでも古く見せるためにわざと汚す塗装をする。ウェザリングっていうんだけどそんな処理を行ったんだろう」

「照悟さんも紫乃さんも、浄真善寺に実在してたんですよ」

「久米さんは京都に住んでいる。地の利を生かして作り込んだ話さ」

「書き付けは、確かに古いものでした」

「紙だって古く見せるウェザリングのやり方があるんだろう」

　菜緒に分かるように大きなため息をついた。

「奥さんの痣は、どうなんです」

「それは分からないが、絵の具かなんかでやったんじゃないか」

「それは見れば分かります。私には」

「暴力の被害者だから過剰に反応したんじゃないのか。お子さんのことで大変なときだ、フィクションにのめり込みたいのは分からないでもない。だけどプロの編集者が文章で騙《だま》されるなんて……いい加減に目を覚ましてよ、風見さん」

「もうちょっとで暗号が解けるんです。これをみてください」

　菜緒は『今有如圖五角面廻り等圓五个巻く只云等圓径四十九寸・零壱厘六毛五糸間五角面何幾』と鍵の『鍵五辺二十五寸梅花径』の関係を説明した。

「あとはこの四九・〇一六五をどう使うかだけなんです」

「あのね風見さん、それこそ久米さんの仕掛けだっていう証拠だよ」

「ええ？」

「小数点の考え方は江戸時代にもあった。だけど小数点の表記なんかありゃしない。なんだこの黒丸は。うっかり久米さんが打ってしまってそれを消したんだよ」

「それは……平助さんが書き損じただけで」

「もういいよ。とにかく出張は許可しない。この際久米さんには、はじめから分かっていたんだと態度で示し、優位に立ってスケジュールを前に進めていってください。でないと担当を工藤くんに代わってもらう。以上」

と玉木は席を立った。

27

古本屋さんが何軒か集まっている通りから、少し入った場所に小さなランチもやっている洋食酒場があった。

昔、美千香とよく飲んだ場所だ。店の二階には個室のようなテーブル席があって、愚痴《ぐち》を言い合うにはいい場所だった。

部長と話した後、そのまま会社を飛び出した。アラフォーの中堅編集者のとる行動ではない、と思ったけれど香怜の名が出たことがどうしても引っかかってデスクに戻る気になれなかった。

店はランチが終わる二時から喫茶に切り替わる。菜緒が店にはいったのは二時過ぎで、一階での喫茶営業となっていた。

窓際の席に座りホットチョコレートを頼み、ダメ元で美千香に電話をかけた。運良く都内にいて、すぐに合流すると言ってくれた。

美千香が店にきたのは二〇分後だ。席に着くと彼女も同じものを注文した。

「電話ではよく分からなかったけど、玉木さんが何だって？」

「私たちが騙されてるんだって言うんです」

菜緒は玉木から言われたことを美千香に話した。

「何かカチンとくるわ。とくにカザミンはいやよね、工藤さんの名前が出たの」

「そうなんです。何がどうなのって訊かれても上手く言えないんですけど、社を飛び出してきちゃったんですよ」

「一樹くんのこともあるしね」

「何です？」

「いえ何でもない。それより久米先生の手のひらで踊らされていると思われたのがとても癪《しゃく》なんだけど」

「そうですよ。絶対、書き付けが本物だってことを証明しないと」

「だいたい久米先生は暗号のこと気づいているの？」

「茶碗の書き付けという意味合い以外に、何か別の目的があるんじゃないかということは感じているみたいですが、暗号まではどうかな」

「示唆《しさ》するとか、暗号だと仄《ほの》めかすようなこともない？」

「なかったと思います」

「もし、久米先生の狂言だったら、そっちにミスリードするはず。原稿の期日を延ばしてくれとだけ言ってくるのは変だわ」

「仕掛けるのに触れないのはおかしいですよね」

「何とか解きましょう。ちょっと待ってて」

美千香は席を立ってマスターのところに行った。二、三分して戻り、二階の席を頼んだと言った。

飲み物を持って移動して、

「ここの方が落ち着いて話せるでしょ」

と美千香が白い歯を見せた。

「時間、いいんですか」

「うん。今日はたまたま時間があるの。徹底的に解読作業にはいりましょう。その代わり、五時から飲まないといけないんだけどね」

五時から二時間、飲酒メニューを頼むことで個室を使わせてもらうことになったのだという。

「分かりました」

菜緒はテーブルに資料を広げる。何度も読んで、見飽《みあ》きてしまったものばかりだ。

「せっかく鍵が、四十九寸・零壱厘六毛《もう》五糸《し》、つまり四九・〇一六五だって分かったのに。あっ、この小数点がいけないんだった」

「部長の言うことにも理があるんです」

ため息をついた。

「小数点、か。じゃあいまはその点は考えないでおきましょう」

「そうですね。この書き付けを全体で捉《とら》えると、やっぱり習い事の詳細な記述が無駄なんです。ならなぜ算術と小鼓《こつづみ》にページを割いたのか。その意図は何なんでしょう」

「算術は表紙の梅鉢紋が家紋だという意味だけではないってことを伝えたかったんじゃない。カザミンが、平助さんの家紋を描くにも使うって言葉に着目したから、算術と結びつけられた。小鼓は基本が八拍子だということ。それと、何だろう、私が実際に能で鼓を叩《たた》くのを見た限り、音を出さないことも拍子だということだったのね。となれば、リズムに着目せよってことかしら」

「八文字ごとになっているのは八拍子のこと。八拍子でリズム……やっぱり『結』の文章で、分置法っていうのが一番しっくりきます」

「四九〇一六五で文字を拾ってみようか」

「それは考えたんですけど、〇という数字があるんで、文字をどう拾えばいいのか分からなくて」

「ゼロ番目の文字なんてないものね。あっ」

「どうしたんですか」

美千香はタブレットを指ではじく。

「見て」

算額の写真だ。

「古いから見にくいけど、やっぱり算額の方には•がない」

「ええ、部長の言った通りになってしまいます。久米さんの仕掛けである証拠だって」

「それは忘れて。この•は書き損じではなく、平助さんがわざと書いたもの。小数点じゃなくて、もっと重要なものなのよ」

しばらく考え込んでいた美千香が、何かを思いついたのか、原稿の束を見直すとその中から一枚を引き抜いた。それを凝視して小鼓を叩くような格好をする。

「小鼓ですか」

「小鼓の説明よ。ここに小さな黒丸を『チ』ってあるの」

美千香が示した書き付けの文章ではその「チ」のことを、『調べ緒を握って薬指一本で弱く叩きます』と説明してあった。

「薬指一本？」

「•はチ、つまり薬指一本とわざわざ説明しているのは、一という数字を意味しないかしら。•が一だとすれば、ゼロではなく一〇ということになる」

「四、九、一〇、一、六、五ということですね」

菜緒は赤鉛筆を手に取った。そして「結」の文章をテーブルに置いて、頭から四文字の「み」、そこから九文字目の「な」さらに一〇文字目の「さ」と順番に傍点を打って行く。

「六文字拾えましたが、文章がまだ余ってます」

「もう一度、四番目から繰り返して、とりあえず最後まで行きましょう」

「分かりました」

菜緒はさらに文字拾いを続けた。

これらみなの物語

りは真実なり本の
因は夫婦のいさか
いにのみ在しと見
えど真の因人の業
なり懇ろに弔い諸
々の罪業消滅せん
との願をここにい
たすものなりやと

「『みなさかし真の諸の願たり』って何ですか」

菜緒が文字をつなげて、読んだ。

「真を『ま』と読んで、諸は『も』、願は『が』とすると」

「みなさかしまのものがたり。皆さかしまの物語……全部逆さまの物語ってこと？」

何か分からないが、ぞっとして声が震えた。

「平助さんは何を言いたかったのかな。これまで書いた話がすべて逆さま……いったい何が、どう逆さまだって言うの。まさか全部が嘘だって言うの」

美千香も苛立《いらだ》ったような言い方をして、すぐに、

「落ち着きましょう」

とグラスの水を飲んだ。

「もしかして、書き付けを書いたのが平助さんじゃない、としたら……」

「平助さんと逆の立場の人間は、誰？」

「あっ、求塚よ。つまり紫乃さんと二人の男性」

「紫乃さんを対称軸にすれば、平助さんの正反対の位置にいるのは、照悟さん」

「そ、そんな。記述者が嘘だったなんて」

「そう考えると、いくつかの疑問が消える。例えば、職人さんよりも、文章を書く機会が多い僧侶なら、話の進め方が上手いこと。それに能に詳しかったり、鉄輪の井戸の謂《い》われを知っていたのもうなずける。それにお経でいうところの『開』で始まり『結』で終わる構成は、僧侶ならではの発想だと思うわ」

「金継ぎの様子がリアルなのはどうですか」

「いろんな人との付き合いも多いから、取材できると思う。いいえ、実際平助さんに聞いたのかもしれない」

「書き付けを書いたのが照悟さんなら、高瀬川で死んだのは」

「平助さんの方だってことになる。つまり平助は実際に不倫をしていたのよ」

出入りしている茶碗継ぎ職人の平助と紫乃はただならぬ関係にあった。それに気づいた照悟は、紫乃を問い詰めた。しかし、二人は会うのをやめない。書き付けにあるように謡《うたい》や小鼓を教えているだけだと嘯《うそぶ》いたかもしれない。

「離縁すればよかったんじゃないんですか」

「一番怖いのは、不倫が世間に知られることよ。当時の法なら平助だけでなく、紫乃さんも下手すれば姦婦《かんぷ》として厳罰に処される。お寺の身内から咎人《とがにん》は出せない」

「どうしようもなくなった照悟さんが取った手が、平助さんを……」

二階にも客が上がってくる足音に、殺したという言葉を菜緒は呑《の》み込んだ。腕時計を見ると午後五時少し前になっていた。

美千香は声をひそめ、

「殺害方法は書き付け通りだと思う」

習い事にくる平助に茶を振る舞っていたのが照悟だったのではないか、と美千香は推理した。

「憎い不倫相手にですか」

「平助との関係がバレていても、実は照悟さんはきつく責めなかったんじゃないかしら。逆さまの話だとすれば、DVは願望だったとも考えられる。殴ってでも不倫をやめさせたかったけど、実際は手も足も出さなかった」

殺人事件を書く推理作家の多くが正義感の強い人だったり、バイオレンス小説の書き手が、内気で優しい人であることを菜緒はよく知っている。できないことを空想の世界でやるからこそ、登場人物が生き生きと描けるのだ。

「何か照悟さん、可愛《かわい》そうです」

「可愛そうだけど、嫉妬《しっと》の感情は彼を狂わせてしまったんだわ」

「毒で弱ったところを溺死《できし》させた。紫乃さんは実際にはどうなったんでしょう」

「そこは分からないわね。そうだ過去帳みたいなものがあるって言ってたじゃない、浄福さん」

「享年は分かりますね」

「いま電話で聞いてみる。カルパッチョとラタトゥイユ、それにワインの白でいい？」

「はい」

「外で電話するからついでにオーダーしとくね」

美千香は店内が混雑してきたのとBGMの音を避けて表に出た。

紫乃、文化一四年九月一三日没、享年三二、照悟上人、天保《てんぽう》五年三月五日没、享年六八。

「やっぱり照悟さんは紫乃さんが亡くなってから一七年も生きてる。紫乃さんは三二歳の若さで亡くなっているけど、身投げをしたのかどうかは分からない」

菜緒は嚙《か》みしめるように口に出した。

「さかしまの物語が証明されたわね」

「でも照悟さんは、なぜこんなものを残したんですか。しかも茶碗継ぎ職人の平助の名前で」

「私もそれをずっと考えてた」

美千香が一拍おいたとき料理とワインが運ばれて、互いのグラスに注いだ。グラスを当てて、ワインを飲む。

甘口のワインが喉《のど》を通過すると、疲れた脳の栄養になった気がした。

「一つは御仏《みほとけ》に帰依《きえ》した僧侶としての贖罪《しょくざい》。人を殺《あや》めたんだから破戒僧だもの。何かの形で懺悔《ざんげ》したかった。でも破戒僧を出したってことになれば、浄真善寺は存続できない」

「それこそ善照さんにバトンを渡せないですね」

「善照さんは、この事実を知っていて、一旦無住の寺にしたのかもしれない。いくら念仏にすがればいいっていわれても、実際人殺しをした事実は重いわ」

「当の照悟さん自身は懺悔なしでは地獄行きになってしまうからと、書き付けの形で贖罪しようとした」

「もう一つ、紫乃さんが鉄輪の井戸に身を投げた事実を白状しておく目的もあったのかもしれない。藪中長吉が真相を探っていて、姦婦としての恥をさらすくらいならと紫乃さんは死を選んだ。たぶん長吉は生きていて、紫乃さんが井戸に落ちたことを照悟さんに伝えたんでしょう。目撃者がいないと井戸に落ちたことすら分からないもの」

「すべての謎《なぞ》が解けましたね」

「カザミンは、久米先生にこの書き付けの謎を、直接伝えに行くべきよ。そして馬鹿な行動をやめさせなさい」

「明日、一番に京都へ行きます」

「玉木さんを納得させることも大事だからね。でないと、私みたいになる」

美千香は唇をぎゅっと結んだ。

「美千香さん」

「明日の成功を願って、今晩は飲みましょう。お母さんに電話しときなさいな」

28

久米の家に向かうタクシーの中で、菜緒は懸命に頭を整理していた。新幹線では団体客の盛り上がりに邪魔され、集中できなかったのだ。

今日の訪問は催促ではなく、書き付けを熟読して大きな発見をしたので、ぜひ伝えたいとだけ言い、約束を取り付けた。もっとも電話に出たのは木綿子で、久米に代わることはなかった。

電話の向こうで一言二言かわしていたようだから、体調は分からない。むしろ取り次いだ木綿子の声が小さく、その方が気がかりだった。

まず木綿子の体調チェックをする。その後、久米の様子を見て、作品がどこまでできているかを確認。そうしておいてから、これまでの菜緒と美千香の行動をかいつまんで話す。

それから書き付けの暗号を説明して、どのように作品へ落とし込んでいくのかまで打ち合わせないと、玉木は本気で担当を香怜に代えるだろう。

くたびれかけているシステム手帳を開く。原稿の仕上がり如何《いかん》によっては、大きく書き直しをお願いしなければならないだろう。書き付けそのものに仕掛けが多いし、むしろ素材のいいところを引き出すレシピを考えた方が得策だ。

それを久米に納得させないといけない。

しかし書き付けが「みなさかしまの物語」だったと知ったら、久米は驚くだろう。ある意味衝撃を受けるにちがいない。久米の創作意欲を刺激してくれることを願うばかりだ。

タクシーは川沿いの道を南に向かって走る。車窓から見える土手のススキが寒々しく揺れていた。

二ヵ月半前は、涼を感じほっと息をついた風景だ。季節の移ろいの早さを感じる。

真夏の京都は蒸し暑かったのに、木綿子はカーディガンを着ていた。あのとき、もっとおかしいと思うべきだった。

痣について勇気を持って確かめていれば、毒を盛られるまではなかったはずだ。

DV被害者なのに、察知できなかったことが悔しい。久米夫妻は鴛鴦《おしどり》夫婦だという思い込みが、菜緒の感受性を鈍らせたようだ。

木綿子はどこかで助けを求めていた。郁夫も一樹の場合もSOSをキャッチできなかったことが事態をより悪化させたのだ。

考えれば考えるほど、自分の愚かさが見えてしまう。

菜緒は深呼吸した。こんな弱気な状態で久米をコントロールできるはずがない。久米の毒気に負けてしまうのが落ちだ。

毒気——前にもそんな言葉を口にしたことがあった。

『お茶碗の書き付けに没頭するあまり、その毒気に当てられたのかも』

どうしても壺の毒の印象が強く、書き付けイコール毒だと感じてしまっている。

『毒気、たしかに主人も、そうなのかもしれないです』

と木綿子も応《こた》える。骨董品《こっとうひん》の買い付けに毒気という表現はそぐわない。なのに木綿子はすんなりとその語句を受け入れた。

木綿子は、久米が書き付けのことを話さなくなったと言っていた。口出しすると怒鳴られるとも話した。ならば書き付けにある毒殺のことは知らないはずではないのか。

久米の原稿を木綿子は盗み見ていたのだろうか。そして、毒のことを知った。

知っているのに知らない振りをしていたとすれば、そこに隠さねばならない何かがある。

菜緒ははじめから紫乃に感情移入していた。もし書き付けを読んだとすれば木綿子だって、紫乃側に立つにちがいない。木綿子の気持ちが紫乃のそれとシンクロしたとしたら――。


木綿子の痣が増えるのと同じように、久米の体調も日増しに悪くなっているように思える。

円形脱毛なんてそう簡単に見えるものだろうか。菜緒は座っていて、木綿子は立っていた。

カーディガンから垣間《かいま》見《み》える痣、開いたシャツから見えた鎖骨《さこつ》の上の痣。

わざと見せた？　しかもすべてが左側――。右手が利き腕の場合、自分でつける痣は左側になりやすい。

久米の家が見えてきた。

菜緒はタクシーを降り、駆け足で久米家の門扉まで行く。

ざわついた気持ちを抑えてインターフォンを押した。

久米は座椅子の背にもたれていた。さらにやつれ目がくぼみ、息が苦しげだ。

「久米さん、大丈夫ですか」

と菜緒は声をかけながら、座卓を挟んで正面に座った。

珍しく木綿子が久米の側《そば》に座った。

「このところ下痢が続き、食事が喉《のど》を通りません。原稿どころではなくなってしまって、すみません」

久米が頭を下げると眼鏡が鼻の先までずり落ちた。それほど顔が痩《や》せていた。

「無理はしないでください。今日は電話で言いましたように面白い発見があったので、ご報告にきました」

「書き付けには、やっぱり何かありましたか」

久米は目を細めた。

「久米さんが鉱脈だとおっしゃった通りでした。実は恐ろしい秘密があったんです」

「『結』の行分けの部分ですか。あそこはどうも怪しいと睨《にら》んでいたんですが、僕にはさっぱり分かりませんでした」

「『結』には暗号が込められていました」

「暗号？」

「ええ、それが解けたんです」

「ほんまですか。風見さん、凄《すご》いじゃないですか」

「表紙と表四に暗号を解く鍵があったんです。ところで久米さんは浄真善寺には？」

「一度参りました。実在するお寺だということで、僕は満足したんですが、風見さんも行かれたんですか」

「ええ。墓地の端の方へも行きました」

と土中の壺のことを仄めかし、久米の反応を確かめた。しかしそう罪悪感を感じているような気配はない。

「楠《くすのき》を探したんだが、そもそも木なんかなかったでしょう？」

「ええ。楠は切られてしまってました」

「そうでしたか」

「時代は移り変わるもので、いまでは駐車場です」

「風情も何もあったもんじゃないな」

「不粋《ぶすい》といえば、目立たないようにはされてますが、防犯カメラまで設置してあったんです」

鎌をかけた。

「残念な光景だ」

久米は表情を変えず、そう言った。

落ち着きをなくしたのは、やはり木綿子の方だった。手で髪を触ったかと思えば、その手で首をさすったりとせわしない。

菜緒は確信を得た。

「でも、鐘撞き堂に算額はありましたよ」

「平助はお堂と記してたが、鐘撞き堂だったか」

「では暗号を説明します」

菜緒は算額の鍵の分置法で拾いあげた文字が「みなさかしまの物語」となることを説明した。そして記述者が平助ではなく照悟だという推理を話した。

「そ、それは凄い、凄いじゃないですか」

充血した目を瞬《しばたた》いて久米が声をあげた。

「このどんでん返しを小説に使わない手はないですよ、久米さん」

「うん、うん、そうですね。使える、使えますね。しかし驚いた、すべてさかしまの物語だなんて。傑作だな」

久米は笑い出した。

「久米さん、いまから一緒に病院に行ってください」

「え、どういうこと？」

久米が真顔になり、首を突き出して訊いてきた。

「検査をしてもらいます」

「体調はよくないが、そこまでは……」

「検査といっても、毒物のです」

「毒物？　何を言い出すんだ」

「とにかく検査するだけですから。何も出なかったら、不安が一つなくなります」

「風見さんの言ってることが飲み込めんが」

「病院なら私が連れて行きます！」

木綿子が険しい目で菜緒を見た。

木綿子を無視して、

「毛髪を調べるだけでも分かりますよ、石見《いわみ》銀山《ぎんざん》なら」

と、菜緒は言った。

「石見銀山って紫乃の使った毒にも入っていた……」

「私と一緒に病院へ行ってもらいます」

そう久米に告げ、菜緒は木綿子に向き直り、

「いいですね、木綿子さん」

初めて名前で言った。

木綿子はうつむき、何も言わない。

「私は久米さんに作品を書いてほしいんです。だから念のため病院に連れて行くんです」

腕を引っ張り上げ、久米を立たせる。重くはなかった。

「風見さん、お願い、私のことも分かってください」

慌てて立ち上がった木綿子が、菜緒の耳元で囁《ささや》いた。

「さかしま、だったんですね」

「ちがう。ほんとうに私、酷《ひど》い目に……」

さらに小さく低い声だった。

「タクシーを呼んでください、木綿子さん」

毅然《きぜん》と言い放った。

間もなくきたタクシーに久米を乗せ、菜緒も乗り込んですぐに出してもらった。

家の前で佇《たたず》む木綿子が、どんどん小さくなっていく。

「家内は、一緒じゃないんですか」

「病院に着いたら私から連絡します」

「そうか。このままカンヅメってことなんだな。じゃあ家内にノートパソコンを持ってくるよう言ってくれ」

久米の声には張りが出てきているようだった。

29

「京都のお土産《みやげ》よ」

菜緒は自宅に帰ると、母と一樹の前のテーブルの上に「清浄歓喜団」を置いた。

包みを開き皿に取り分けた母が、

「珍しいお菓子だわ。シュウマイみたい」

と微笑《ほほえ》んだ。

「買おう買おうと思ってたんだけど、つい買いそびれてしまって」

「ほんと面白い形だ。いっただきまーす」

一樹が素早くつまんで、かじった。

「どう?」

「なんか薬っぽい。僕はポッキーの方がいい」

泣きそうな顔だ。

母が食べ、菜緒も口に入れた。

「美味《おい》しいわ」

菜緒は母と顔を見合わせて言った。

「ねえイッちゃん、これが大人の味なのよ」

「分かんない」

「イッちゃん、ちょっと聞いてほしいことがある。ママは仕事が好き。イッちゃんのことも大好き。どちらがどうとか比べられるものじゃない。それはイッちゃんが大人になれば分かることよ。ただママも仕事でいやなこともあるし、上手く行かないことだっていっぱいある、そんなときは助けてほしいの。ママ、イッちゃんが思っているほど強くない。弱虫だけど、大好きなイッちゃんがここを出て行くまで頑張るつもり。だから協力しなさい」

「何だよ、それ」

「なんでもいい。ハイって言うの」

「そんなのいやだ」

「いやでもいいの」

一樹が立ち上がった。

「分かったから、これ」

一樹は清浄歓喜団を皿に置き、

「残していいんだよね、子供は」

と言って自分の部屋へ入っていった。

「いいの、あんなこと言って」

母が心配そうな顔を菜緒に向けた。

「弱音を吐かず、強がってばかりいたら木綿子さんみたいになっちゃう」

「木綿子、誰それ？」

「作家の奥さん」

「その方になにかあったの」

「まあ、ね。偽りの強さってしんどいでしょう」

「そりゃ、ねえ」

「私は弱いまま強くいようと思う。もちろん強いまま生きていける女性もいるわ、美千香さんみたいに。だけど私は私、さかしまでいく」

「何それ、よく分からない。昔からあんた、ときどき妙なこと言い出すわね」

母が笑った。

「それが私なのよ。そうそうあの子、女の子に興味が出てきたみたい。子供だと思ってたんだけど。でもこの味が分からないようじゃね」

菜緒はもう一つ茶色い菓子を手に取った。

30

二月が終わろうとしていた日の夕刻、美千香から、会えないかと電話があった。

菜緒は、約束の時間から小一時間も遅れて、洋食酒場に駆け込んだ。

「すみません、美千香さん」

「こちらこそ急に呼び出して悪いわね」

「会議が長引いて、電話しようかと思ったんですけど、言ってる間に走れば着いちゃうかなって思ったもので」

会議は、一月中旬に発売された久米の新刊『茶碗継ぎの恋』が重版、五刷になるのを機に帯をどうするかというものだった。

久米は時代小説家が骨董市で「茶碗継職人恋重荷」という金継ぎ茶碗の書き付けを発見し、そこに書かれた暗号を解くという二重構造の作品を書き上げた。五年ぶりの長編小説は評判になり、売り上げも好調だ。

「復活即進化！　久米武人最新刊。書店用ポスター見たわ。いい感じじゃない」

「美千香さんにお礼も言えてませんでした。本当にありがとうございました」

「改まらないで、照れるから。寒いけど生でいい？」

「もちろん」

適当に料理を頼み、ビアグラスで乾杯した。

「でもよく新刊、出せたね」

美千香がタコのカルパッチョをほおばる。

「おおかた病院で執筆してもらったんです」

久米の毛髪からは微量なヒ素が検出された。量が少ないことで内臓への蓄積も少なく身体のダメージも軽かった。主治医は一週間で退院できると言ったが、菜緒が頼み込み三週間入院させてもらった。

「奥さんには、どう？」

「ヒ素が出たことは言わず、執筆してもらうために病院にいてもらいますって」

「まあ、自分でしたことだもんね。別れるってことにならなかったの？」

「それが夫婦って不思議なもんですね。久米さん、お茶を飲みながら、紫乃のことが頭によぎったんだそうです」

「え、じゃあ知っていて飲んでたってこと？」

菜緒はうなずいた。

「なんで、どうなってるの」

美千香が顔を突き出し眉《まゆ》を寄せた。

「久米さん、自分がそこまでさせた。追い詰めたせいだって」

久米が木綿子に暴力を振るっていたことは事実だった。小説へのプレッシャーを感じると久米は手を出したという。

「そのことも奥さんに言ってないの？」

「いえ。木綿子さんには、何もかも知りつつ贖罪の気持ちから、あなたの出すお茶を飲んでいたんだって言いました」

菜緒の言葉に、木綿子は自分のやったことを吐き出した。

盗み読んだ書き付けで毒のことを知り、探し当てた木綿子は言いしれぬ興奮を覚えたという。逃れたいのに逃れられない無力感に苛《さいな》まれたが、久米の命が自分の手中にあると思うことで力を得た気になった。江戸時代の毒薬に効力が残っているとは思えなかったが、お茶に混ぜて出すだけで溜飲《りゅういん》が下がったし、結婚以来初めて優位に立てたのだと、木綿子は泣きながら菜緒に打ち明けた。

「そうだったんだ」

「久米さん小説を書き終わったとき、木綿子さんにこれまですまなかったって謝ったんです。で、木綿子さんが胸を詰まらせて何か言おうとしたのを久米さんが制止しました」

「奥さんが毒のこと口にすると思ったんだ」

「ええ。そして二人一緒に心療内科のカウンセリングを受けようって」

「久米先生、自《みずか》ら？」

「そうなんです。だからもう大丈夫じゃないですか。お二人で一歩前に踏み出されたんですから」

菜緒は、二人が同じ方向に歩き出したのだと思った。

菜緒自身、郁夫とも一樹とも向かい合ってきたつもりだ。しかし向き合うから、互いの欠点ばかり目についてしまう。相手を変えることに時間を費やし、懸命に向き合っているのに距離はどんどん離れていった。向き合うのではなく、並んで歩む方がうんと二人の距離は縮まるにちがいない。

「実は、私ね、まだ京都企画、諦《あきら》めてないんだ」

年明け、美千香と契約していたムック本の版元が倒産した。それを知って電話をかけたとき、やっぱりフリーの立場が一番だ、と美千香は笑い飛ばした。

「久米先生に執筆をお願いしようと思って、その前にカザミンに夫妻のことを訊いておきたかったのよ」

「でも、どこから出すんですか」

「原稿と写真をすべて揃《そろ》えてから考えるわ」

「そ、そうなんですか」
それじゃうちから、という言葉をビールと一緒に呑み込んだ。自分に裁量権がないとい
うだけでなく、美千香がそれを望まないと思ったからだ。安易な道よりデンジャラスな道
を選ぶことで、強くなろうとするのを菜緒は知っている。
「じゃあ久米さんに、近いうちに美千香さんから連絡があるって言っておきます」
「そんなの自分でやるわ。じゃあ『茶碗継ぎの恋』の重版出来《しゅったい》を祝って、もう一度乾杯し
ましょ」
と美千香はグラスを頭上に掲げた。
その後、美千香はムック本の京都企画を大手出版社に持ち込み、この春には刊行できる
道筋を作った。
『明るい縁の切り方教えます』というタイトルを聞いたとき、これまで以上に美千香の逞《たくま》
しさを感じ、吹きだした。
「あれ、風見さん、なんかいいことあったんですかぁ」
香怜の相変わらず甘えた声を聞き流して、菜緒は目の前の原稿に猛然と朱《アカ》を入れ始めた。

ハルキ文庫

か 15-1

茶碗《ちゃわん》継《つ》ぎの恋《こい》 編集者《へんしゅうしゃ》 風見《かざみ》菜緒《なお》の推理《すいり》

著者 鏑木《かぶらぎ》 蓮《れん》

2017年3月18日第一刷発行

発行者 角川春樹

発行所 株式会社角川春樹事務所
〒102-0074 東京都千代田区九段南2-1-30 イタリア文化会館

電話 03(3263)5247(編集)
03(3263)5881(営業)

印刷・製本 中央精版印刷株式会社

フォーマット・デザイン 芦澤泰偉
表紙イラストレーション 門坂 流

ISBN978-4-7584-4074-5 C0193 ©2017 Ren Kaburagi Printed in Japan
http://www.kadokawaharuki.co.jp/[営業]
fanmail@kadokawaharuki.co.jp[編集] ご意見・ご感想をお寄せください。